本书为辽宁省社科基金资助项目

项目编号：L18BZW003

元杂剧复仇观念的文化阐释

李晓一◎著

YUANZAJU

FUCHOUGUANNIANDE

WENHUACHANSHI

GUANGXI NORMAL UNIVERSITY PRESS

广西师范大学出版社

·桂林·

图书在版编目（CIP）数据

元杂剧复仇观念的文化阐释 / 李晓一著. -- 桂林 : 广西师范大学出版社，2023.12

ISBN 978-7-5598-6635-6

Ⅰ. ①元… Ⅱ. ①李… Ⅲ. ①杂剧－文学研究－中国－元代 Ⅳ. ①I207.37

中国国家版本馆 CIP 数据核字(2023)第 226498 号

广西师范大学出版社出版发行
（广西桂林市五里店路 9 号　邮政编码：541004
网址：http://www.bbtpress.com）
出版人：黄轩庄
全国新华书店经销
广西广大印务有限责任公司印刷
（桂林市临桂区秧塘工业园西城大道北侧广西师范大学出版社集团有限公司创意产业园内　邮政编码：541199）
开本：880mm × 1 240 mm　1/32
印张：6.375　　字数：150 千
2023 年 12 月第 1 版　　2023 年 12 月第 1 次印刷
定价：48. 00 元

序　言

作为元代文化艺术的典型代表，元杂剧一直是颇受关注的中国古代文学研究重点。一方面，它是杂剧形式最为辉煌的表现阶段，艺术形态几近完美；另一方面，元朝这个由少数民族建立的统一政权为之提供了独特的文化背景，我们可以在元杂剧中品味出那个时代特有的物态人情。由此，依托文化学的视角对元杂剧进行研究，可以更好地发现元杂剧丰富的思想意蕴和文化内涵。其中，“复仇”这种人类社会的古老话题和人类情感的普遍存在，在元杂剧中也得到了充分展现。与复仇有关的元杂剧体现出了独特的文化价值，这既与久远而深固的复仇认知和传统有关，同时又与文学母题、时代因素、情感补偿等方面联系紧密。

本书从四个角度对元杂剧中的复仇观念进行了分析和阐释。首先，对元杂剧中与复仇相关的剧目进行整理和类型划分。全书以《元曲选》和《元曲选外编》为研究基础，通过逐篇审读，整理出与复仇相关的元杂剧共约五十部，并依照复仇原因、复仇方式和复仇者身份等不同标准进行类型划分，对其中涉及复仇的剧目情况予以全面梳理。其次，经由具体的复仇情节提炼出血亲至上、忠义任侠、清官主事、恩怨分明和善恶有报等元杂剧复仇相关剧目中体现的复仇观念。再次，探求对元杂剧复仇观念产生影响的因素。分别从弘扬复仇的文学传统、元代独特的时代背景、民间深厚的民俗文化和观众欣赏的接受心理等不同角度，对复仇母题、异族统治、民俗传统和观众趣味等因素进行分析，说明这些因素共同作用，对元杂剧中的复仇观念产生综合影响。最后，追溯元杂剧的复仇文化渊源。通过对原始人类共有的复仇心态、儒家文化对原始复仇心理的强化、史官文化对复仇的颂扬，以及法律制度与复仇的冲突这四个方面的分析，探寻元杂剧复仇文化的历史渊源，与前文内容互相印证，说明元杂剧中体现的复仇观念是中国古代复仇文化的重要组成部分。

本书重点在于通过对元杂剧中与复仇相关剧目的分析，探求其中反映的多样复仇观念，进一步深入剖析影响这些复仇观念的因素，追溯复仇文化的渊源，对其进行多种角度的阐释，以期对元杂剧的文化研究实现有益的补充。但由于学识有限，难免有疏漏欠缺之处，敬请专家学者和广大读者不吝赐教。

李晓一

2023年12月

一、血亲观念是宗法社会的本根基础……五〇
二、血亲关系使个人找到血缘归属……五二
三、血亲复仇的正义性表现……五五
第二节 忠义任侠观念……五九
一、忠义之士相助复仇……六〇
二、侠义之士仗义援手……六六
第三节 清官主事观念……六九
一、『清官』的语义内涵衍变……六九
二、清官对自身责任的明确认知……七一
三、蒙冤百姓对清官的热切期望……七五
第四节 恩怨分明观念……七九
一、恩仇并举：报仇作为报恩的表现……七九
二、恩大于仇：为报恩而放弃复仇……八二
三、恩仇必报：『有恩报恩，有仇报仇』的恩仇观……八五
第五节 善恶有报观念……八七
一、善恶有报观念的本土传统……八七

目录

引言……一
一、研究对象的提出……一
二、研究范围的界定……九
三、研究方法与创新之处……一三
第一章 元杂剧复仇相关剧目举要及类型划分……一五
第一节 元杂剧复仇相关剧目举要……一五
第二节 元杂剧复仇相关剧目类型划分……二八
一、按复仇原因划分的类型……二九
二、按复仇方式划分的类型……三四
三、按复仇者身份划分的类型……三八
四、其他类型……四一
第二章 元杂剧中体现的多种复仇观念……四九
第一节 血亲至上观念……四九

二、丧葬民俗与语言民俗……一二二
三、占卜民俗与梦兆民俗……一二五
第四节　观众趣味激发元杂剧复仇观念的张扬……一二八
一、对『传奇性』的追求……一二九
二、宣泄情感的观赏需求……一三一
三、爱憎分明的情感指向……一三三
第四章　元杂剧的复仇文化渊源……一三七
第一节　原始时期的复仇情结……一三七
第二节　儒家文化强化复仇……一四一
一、孝亲思想是复仇的道德基础……一四二
二、『以直报怨』表现儒家要求复仇公平……一四五
第三节　史官文化颂扬复仇……一五二
一、赞扬矢志完成复仇大业……一五四
二、称颂助人复仇的侠义情怀……一五九
第四节　法律制度与复仇的冲突……一六一

二、善恶有报观念的宗教融合……八九
三、元杂剧普遍体现善恶有报观念……九一
第三章　影响元杂剧复仇观念的因素……九七
第一节　复仇母题是元杂剧复仇观念的文学根源……九七
一、神话传说中的复仇因子……九八
二、史传文学是复仇故事的主要载体……一〇〇
三、小说等叙事文学增强了复仇事件的故事性……一〇二
四、诗歌对复仇之义的弘扬……一〇四
第二节　异族统治加深了元杂剧的复仇观念……一〇八
一、政治腐败与道德沦丧……一〇八
二、民族歧视与法律缺失……一一〇
三、经济掠夺与赋税剥削……一一三
四、思想冲突与文化融合……一一四
第三节　民俗传统体现元杂剧复仇观念的俗文化性……一一六
一、鬼神信仰与鬼灵崇拜……一一六

一、从自由到约束……一六三
二、约束中的冲突……一六七
结　语……一七五
一、弘扬传统的复仇精神……一七五
二、显现自觉的悲剧意识……一七七
三、传承壮美的伦理正义……一七八
参考文献……一八一

引　言

元朝是我国第一个由北方少数民族建立的统一王朝，民族融合，文化多元，时代特色鲜明。元杂剧作为元代文化艺术的典型代表，是在戏剧发展史中承前启后的一个重要剧种。从文化学的角度对元杂剧进行研究，在目前的元杂剧研究领域正受到关注。

一、研究对象的提出

二十世纪初期王国维的《宋元戏曲考》开启了元杂剧的研究，经过一个世纪几代学人的努力，无论是在剧目整理、作家考辨、元杂剧史等基础研究方面，还是在社会学、民俗学、语源学、艺术发生学等深层研究方面都取得了丰硕的成果。其中，从文化学角度对元杂剧进行的研究，由于元代特殊的社会背景，体现出了独特的学术价值。在异族统治下的元代，社会结构和生活方式等很多方面都发生了重大变化，其独特的文化背景既是多民族文化交流融合的结果，也是先进文化与落后文化彼此影响的过程。在这种情况下，元杂剧中反映的多元文化特征对于中国古代文化史的研究便体现出重要价值。通过对元杂剧的文本解读，可以对当时的社会有一个更深刻的认识，反过来以文化的视角透视，更能发现它丰富的思想意蕴和文化内涵。

（一）从文化视角对元杂剧进行的研究

自二十世纪以来，依托文化学的视角对元杂剧进行的研究，已逐渐成为学者们关注的对象之一。余秋雨的《中国戏剧文化史述》（湖南人民出版社，1985）、郭英德的《元杂剧与元代社会》（北京师范大学出版社，1996）、幺书仪的《元人杂剧与元代社会》（北京大学出版社，1998）、奚海的《元杂剧论》（河北教育出版社，2001）、谢柏梁的《中华戏曲文化学》（南京师范大学出版社，2004）、郑传寅的《传统文化与古典戏曲》（湖南人民出版社，2004）、田同旭的《元杂剧通论》（山西教育出版社，2007）、甄飒飒的《元杂剧美学研究》（山东大学出版社，2020）等，在民族文化融合之多元文化背景下重新审视元杂剧，突破中原文化传统思维模式，从整体上关注元杂剧蕴含的时代精神，探讨元杂剧与元代文化的关系，为元杂剧研究开拓了新的空间与思路。

与之相应，在期刊论文及一些硕博士的学位论文中，围绕这一问题进行的研究也表现出日渐深入的趋势。如严东红的《元杂剧的文化特征》（《韩山师范学院学报》，1993年第2期），李修生的《元杂剧与蒙元文化》（《雁北师范学院学报》，1995年第1期），陕西师范大学高益荣的博士学位论文《元杂剧的文化精神阐释》（已出版，中国社会科学出版社，2005），李轼华的《元杂剧的时代精神》（《四川戏剧》，2005年第4期），赵焕、李萍的《元杂剧的文化阐释》（《哈尔滨学院学报》，2009年第3期），武宏璞的《元杂剧的文化生态浅析》（《铜仁职业技术学院学报》，2010年第4期），曲阜师范大学徐雪辉的博士学位论文《元杂剧文化研究》（出版时改为《文化视角下的元杂剧》，人民出版社，2011）等，从宏观的角度在时代文化的背景下重新审视元杂剧，是比较有代表性的研究成果。

在宏观视角之外，针对元杂剧中具体的文化事象进行的研究，则使元杂剧文化研究得以深化。在这方面，民俗文化的相关研究表现得极为突出，其中，翁敏华的《中国戏剧与民俗》（学海出版社，1997）和《古剧民俗论》（上海古籍出版社，2012）通过对元杂剧具体剧本的分析，展现了元杂剧中丰富多样的民俗文化。罗斯宁的《元杂剧和元代民俗文化》（广东高等教育出版社，2007）分析了元杂剧和元代民俗文化的关系，尤其是元代民俗文化对元杂剧创作的影响，从传播、审美、题材、艺术、人物形象、语言等六个方面探讨了元杂剧与元代民俗文化的关系。云峰的《民族文化交融与元杂剧研究》（人民出版社，2012）介绍了元代的民族文化交融状况，并分专题在民族文化交融的大背景下对所涉内容进行了评述。彭栓红的《元杂剧中的民俗文化研究》（中国社会科学出版社，2017）指出民俗文化是孕育元杂剧的文化土壤之一，并运用戏剧学、民俗学、文化人类学、文艺学等理论，从文学、戏曲、民族等角度对元杂剧予以整体观照。除此之外，广西师范大学王燕的硕士学位论文《元杂剧与元代时尚风俗研究》（2007），兰州大学张鹏宇的硕士学位论文《元杂剧和元代民俗文化》（2007），内蒙古师范大学袁燕军的硕士学位论文《元杂剧民俗浅析》（2009），孙利平的《元杂剧中的婚俗文化遗存》（《戏曲艺术》，2001年第1期），罗斯宁的《元杂剧的鬼魂戏和元代的祭祀习俗》（《中山大学学报》，2003年第3期），王田田、陈秋芳的《从元杂剧看元代婚姻习俗》（《江西金融职工大学学报》，2006年第S2期），张连举的《元杂剧中的丧葬文化》（《宁夏社会科学》，2006年第2期）、《元杂剧中的民俗文化研究论要》（《宝鸡文理学院学报〔社会科学版〕》，2006年第3期），梁珊的《从〈窦娥冤〉看元杂剧与民俗文化之关系》（《中州大学学报》，2008年第2期），王鹏龙的《元杂剧中寺庙场景的民俗文化意蕴》（《文艺评论》，2013年第2期），彭栓红的《元杂剧中的女真民俗文化》（《民族文化研究》，2015年第4期）、《民间文化对元杂剧叙事结构的影响》（《戏曲艺术》，2016年第4期）、《民俗视野下的元杂剧叙事特征》（《四川戏剧》，2021年第10期，与吕文丽合撰），韩宁的《山西地方民俗文化对元杂剧的影响》（《山西青年管理干部学院学报》，2013年第3期），周玲的《元杂剧中民俗文化风情描写与展示的特点》和《民俗文化遗存在元杂剧中的作用与功能》（分别刊载于《湖南科技学院学报》2014年第12期和2016年第2期），金峥杰和邓可卉的《民俗文化视角下的元曲节令纺织事象解析》（《东华大学学报〔社会科学版〕》，2023年第2期）等，分别从不同侧面对元杂剧中的民俗文化进行了分析，使元杂剧的文化研究得以进一步细化。

与此同时，李春祥的《元人杂剧反映元代民族关系的几个问题》（《河南师大学报》，1980年第2期），王显春的《儒、道、佛文化合流与元杂剧的道德观》（《社会科学研究》，1992年第3期），关四平的《士人与大众文化心理的交融——元杂剧三国戏的文化透视》（《天津大学学报〔社会科学版〕》，2000年第1期），王菊艳、王梅的《元杂剧的女性形象与北方民族文化》（《哈尔滨师专学报》，2000年第6期），王昊的《论元杂剧与法律文化》（《安徽教育学院学报》，2001年第4期），张大新的《元杂剧兴盛的思想文化背景》（《河南大学学报〔社会科学版〕》，2002年第6期），虞江芙的《元杂剧家庭伦理悲剧的文化透视》（《江汉大学学报〔人文社会科学版〕》，2002年第5期），云峰的《论蒙古民族及其文化对元杂剧繁荣兴盛之影响》（《内蒙古师范大学学报〔哲学社会科学版〕》，2003年第4期），杨棣的《元杂剧文人形象的文化审视》（《山东社会科学》，2003年第4期），徐青林的《元杂剧中知识分子的悲剧意蕴》（《曲靖师范学院学报》，2006年第4期），万书红的《元杂剧中家庭、家族剧的文化意识》（《戏剧文学》，2008年第8期），王俊德的《苦难意识下所绽放的文化品格——元杂剧传奇英雄形象的文化解读》（《名作欣赏》，2010年第26期），许秋华的《论元杂剧人物命名的民族文化意蕴》（《贵州民族研究》，2012年第1期），以及辽宁师范大学国宇的硕士学位论文《元杂剧中的蒙古族文化》（2012）等，主要针对元代的社会背景和文化环境等方面进行了探讨和研究。另外，曲阜师范大学苑媛的硕士学位论文《元杂剧公案戏之法文化研究》（2020），苏力的《作为社会控制的文学与法律——从元杂剧切入》（《北大法律评论》，2005年第1期）、《传统司法中"人治"模式——从元杂剧中透视》（《政法论坛》，2005年第1期）、《复仇与法律——以〈赵氏孤儿〉为例》（《法学研究》，2005年第1期）和《制度角色和制度能力——以元杂剧为材料》（《法商研究》，2005年第2期），邸红旗、孙永兴的《元杂剧中的法律文化研究综述》（《法制与社会》，2017年第23期）等则以元杂剧为素材，从社会总体结构上考察中国传统戏剧的意识形态功用，以及在更一般的意义上，考察文学与法律共同构成的中国传统社会的基本格局，为元杂剧的文化研究提供了新的方向。

兰州大学管弦的硕士学位论文《元杂剧与宗教信仰》（2008），湖南师范大学伍光辉的硕士学位论文《元杂剧与商业文化》（2003），刘雪梅的《元杂剧〈黄粱梦〉的道教文化阐释》（《百色学院学报》，2009年第5期），吕小蓬的《元杂剧的公案文化解读》（《洛阳师范学院学报》，2006年第6期），张立环的《从元杂剧看元代儒家文化的传播——以关汉卿单本寡妇戏为例》（《河北学刊》，2008年第4期），王晓芳、吕稳醒的《神仙道化剧——元杂剧中的道教文化》（《中国宗教》2021年第12期）等，分别从不同的角度对元杂剧中所体现的具体文化进行了探究。另外，周玲的一系列论文，如《元杂剧中的米食文化习俗》（《贵州大学学报〔社会科学版〕》，2004年第4期）、《元杂剧中琳琅满目的蔬果世界》（《唐都学刊》，2004年第5期）、《元杂剧中的茶文化习俗》（《西南民族大学学报〔人文社科版〕》，2004年第8期）、《元杂剧中的面食风俗》（《华南师范大学学报〔社会科学版〕》，2005年第2期）、《元杂剧中的冠衣文化研究》（《求索》，2005年第5期）、《元杂剧中的酒文化习俗》（《江西社会科学》，2005年第7期）、《元杂剧中的肉食风俗》（《殷都学刊》，2006年第1期）、《元剧中所反映的交通工具蠡测》（《宝鸡文理学院学报〔社会科学版〕》2007年第5期）、《元剧中所体现的市商经营方式》（《湖北师范学院学报〔哲学社会科学版〕》，2008年第2期）、《元杂剧中的行旅风俗》（《唐都学刊》，2008年第3期）、《元杂剧中的冠衣履衣民俗风情》（《湖南科技学院学报》，2010年第5期）、《元杂剧中琳琅满目的市商行业》（《深圳职业技术学院学报》，2010年第6期）等，以及其与张连举合作完成的《元杂剧中的服饰风俗文化遗存》（《贵州文史丛刊》，2004年第4期）、《元杂剧中的赌斗游戏习俗》（《许昌学院学报》，2007年第3期）、《论元杂剧中的中秋、重阳风俗》（《深圳职业技术学院学报》，2008年第1期）、《元杂剧中的智力游戏习俗》（《湛江师范学院学报》，2008年第5期），还有张蕾的《元杂剧中所蕴含的茶文化研究》（《福建茶叶》，2017年第9期），赵冰月的《元杂剧中的典商形象及其文化蕴涵》（《戏剧之家》2021年第12期），王俊德的《论元杂剧的商业书写与文化影响》（《四川戏剧》，2021年第7期）等，有针对性地对元杂剧中涉及的纷繁多样的市俗现象进行了总结归纳，使得元杂剧的文化研究得以更进一步细化。

还有其他一些将元杂剧与民俗文化相联系进行研究的成果，此处不再一一列举。可见在目前元杂剧的研究领域，已经有越来越多的学人注意到了元杂剧中体现的多种文化，并开始将两者结合起来进行研究和分析。

（二）元杂剧中复仇文化的研究情况

在元杂剧包蕴的多种文化中，复仇文化体现出独特的价值。作为人类社会一个古老的话题和人类生存面临的一种极端情感，复仇从一开始就参与了人类文化的生成和发展，几乎是全世界各民族都盛行过的历史和文化现象，也是研究古代文化和文学难以回避的问题。“它不仅是古代现实生活的常见现象，更是在深广的民俗背景上绵延不绝的文学主题，它超越民族、时代，渗透到由神话、史诗、史传到小说、戏剧及至抒情文学等几乎各类作品中，折映了个人与家庭的盛衰命运、朝代国家兴亡际遇，与人们的诸多文化观念交互影响，形成了一种自成体系而又较为稳定持久的文化心态。”[1]美国学者迈克尔·达尔比指出：“为报复而复仇可以唤起人们普遍理解，而不是偶然的怜悯。……复仇在中国文学中是一个经久不衰、引人注目的主题。”[2]作为传统文化的重要组成部分，中国的复仇文化具有悠久的历史渊源和文化传统。复仇题材因其经常伴随着爱与恨的强烈情感宣泄，激烈的矛盾冲突，历来是虚构文学作品中的不朽主题。在上古神话中，就遗存了复仇的文学因子，像陶渊明诗咏“精卫衔微木，将以填沧海；刑天舞干戚，猛志固常在”，就是讴歌《山海经》和《述异记》记载的两个复仇故事。尽管古代中国早期的复仇文学主要是以史传为载体的，诸如《左传》《史记》中都载有很多复仇事件，但纵观整个中国古代文学史，各种文学体裁都有关于复仇故事的记载，中国古人对于复仇的演绎横亘古今，经久不衰。

在元杂剧中，复仇作为一大主题，也得到了充分的展示和表现。然而欲就这一情况进行文献概述却并不容易：一方面，如前

1　王立：《中国古代复仇文学主题》，东北师范大学出版社，1998年，第1页。

2　［美］迈克尔·达尔比：《传统中国的复仇与法律》，王立、魏彬彬译，《丹东师专学报》，2002年第3期。

文所述，对于元杂剧的相关文化研究已取得了颇为丰硕的成果；另一方面，对元杂剧复仇文化的直接研究却极为少见，从目前搜集整理的情况来看，尚没有专门针对元杂剧复仇文化进行研究的著述，只有少数著作从文学主题学的角度对复仇现象有一定的研究。后者以王立为代表，其专著《中国古代复仇文学主题》（东北师范大学出版社，1998）及与刘卫英合著的《传统复仇文学主题的文化阐释及中外比较研究》（北京师范大学出版社，2011）从宏观上对古代文学作品中的复仇主题做了归类阐述，在复仇文化研究领域进行了有益的尝试，惜所论范围较大，与元杂剧交集较少。还有一些学位及期刊论文对这一问题有相似论述，但不够系统，且所论问题或受限于研究内容，或受限于研究视角和研究方法，存在很多缺憾。如胡淑芳的《论元杂剧的复仇精神》（《湖北大学学报〔哲学社会科学版〕》，2004年第5期）、范亚男的《浅析元代复仇剧的文化渊源及行为特点》（《戏剧文学》2011年第8期）、惠继东的《谈谈元杂剧中的冤鬼复仇问题》（《宁夏大学学报〔人文社会科学版〕》，1993年第2期）、王庆芳的《元杂剧历史剧中的复仇意识与爱国情结》（《湖北职业技术学院学报》，2004年第2期）、宗敏的《元杂剧中的复仇题材——以〈窦娥冤〉和〈赵氏孤儿〉为例》（《社会科学家》，2007年第A2期）、曹养元的《中国传统戏曲中复仇主题论述》（《怀化学院学报》，2008年第12期）、王利娜的《元杂剧中英魂托梦复仇的文化意蕴》（《西昌学院学报〔社会科学版〕》，2015年第3期）等。总的来说，可供参考借鉴的资料比较有限。值得一提的是，个别台湾学者在相关问题上进行了有益的探讨。如范长华的《元代报冤类杂剧研究》（高雄市复文出版社，1995），依据“报冤手法”将元杂剧中的报冤类作品分为五大类型，认为报冤类杂剧表现出歌颂民族气节、批判霸权阶级等时代精神，但他主要是从文学的角度进行分析；而且，以“报冤”

为划分依据对元杂剧进行类型划分，其前提是有“冤”，并且最终冤仇得报，视角略显狭窄。由此可见，对元杂剧中的复仇文化进行的专门性系统研究还远远不够，这也为笔者留下较大研究空间。

通过对《元曲选》（浙江古籍出版社，1989）和《元曲选外编》（中华书局，1959）中现存元杂剧的整理可以发现，不同程度地涉及复仇主题的主要剧目大约有五十部，这些剧目体现出复杂的复仇理念和精神，关乎忠孝节义、血缘伦理、士为知己者死等社会普遍伦常的维护，并具有鲜明的时代特征。探究这些复仇理念形成的原因，分析影响这些复仇理念的因素，更进一步地分析元杂剧中的复仇文化，将文学研究置于文化研究之中，对于丰富元杂剧的研究内容、发掘元杂剧新的诠释观点、深化元杂剧的研究内涵、扩大元杂剧研究的范畴，都具有重要而深远的意义。

二、研究范围的界定

分析元杂剧中的复仇文化，将元杂剧与复仇文化结合起来，探求元杂剧中复仇文化的深层动因和观念体现，是本书的主要研究内容。要做出相应对象的选择，需要先对研究的范围予以厘清。

首先，关于元杂剧的选取问题。

元杂剧作为代表元代文学特色的一种戏剧文学体裁，在许多作家参与创作的情况下，出现了大量的作品。据元人钟嗣成于元末写定的《录鬼簿》统计，当时可以看到的元杂剧剧目有四百五十二种，但这个数字还远不是元杂剧的总数。明初朱权的《太和正音谱》所录元杂剧剧目为五百三十五种。今人庄一拂《古典戏曲存目汇考》收录有作者姓名的元人作品五百三十六种，又附元、明无名氏作品四百一十九种。明嘉靖年间戏曲作家李开先说，他家里就保存有元杂剧剧本一千余种。至于当时投入剧本创作的作家，现在已无法准确统计，仅据《录鬼薄》和《续录鬼薄》

所载，“有名有姓者二百二十多人，而‘无闻者不及录’，估计还有许多遗漏”。[1]这些作品出自具有一定文化素养又生活在下层社会的“书会才人”之手，对于人生百态、社会世象均有着充分的表现和展示。然而，现在可供我们研究的文本数量却相当有限，“现存的元剧作品仅占原来作品总数的四分之一强，当然不可能知道全部情况”[2]。这种情况对于研究元杂剧所反映的元代社会文化，确实会造成不便，因原始资料的缺乏容易导致结论的片面，这也令研究者颇觉遗憾。不过，顾学颉先生也指出：“但就这些现存作品来看，已把元代社会的政治黑暗，官吏贪污，恶霸横行，冤狱，高利贷，婚姻无自由，读书人无出路，以及种族歧视，阶级压迫等等，暴露无遗。”[3]可见，即使以现存的元杂剧作为研究底本，基本上也可以反映出元代社会生活和思想文化的总体面貌。

元杂剧现存的元刊本为明代李开先所收藏，后为清人曹丕烈、近代的罗振玉所得。1958年《古本戏曲丛刊》第四集影印，名为《元刊杂剧三十种》，收录了三十种元刊杂剧，只有曲文，少宾白。相对来说，明刊本较多，除了广为人知的臧晋叔《元曲选》和隋树森《元曲选外编》，还有王骥德的《古杂剧》、陈与郊的《古名家杂剧》、黄正位的《阳春奏》、息机子的《古今杂剧选》、孟称舜的《古今名剧合选》等各种不同刊本。就这些不同的刊本来说，《元曲选》和《元曲选外编》是最被普遍接受和认同的，“以《元曲选》《元曲选外编》《元人杂剧钩沉》为据，即元杂剧的传世作品全本一百六十二种，残本四十五种，共二百零七种。此统计已被学术界普遍认可接受”。[4]

---

1 刘慧芳：《元杂剧叙事艺术》，辽宁大学出版社，2010年，第7页。

2 顾学颉选注：《元人杂剧选》，人民文学出版社，2017年，前言第7页。

3 顾学颉选注：《元人杂剧选》，人民文学出版社，2017年，前言第7页。

4 田同旭：《元杂剧通论》（上），山西教育出版社，2007年，第172页。

基于这些考虑，为使研究内容更加明确，本文将研究的范围确定为现存的元杂剧，以明代臧晋叔的《元曲选》和隋树森的《元曲选外编》为底本，从中遴选出具有复仇情节、表现复仇文化的剧本作为基本研究对象。佚失的元杂剧及无法准确认定年代的元明间杂剧则暂不列入研究范围。

另外，关于元杂剧的争议，还涉及元杂剧元刊本和晚明本的区别，也就是元杂剧原貌和改编的问题。对于明人臧晋叔编的《元曲选》中的作品，目前学界颇有争议，认为臧晋叔“师心自用”，多在舞台提示、曲词宾白甚至第四折上加进新曲子和围绕结局进行改动，已非“元杂剧”原貌。这种质疑以荷兰学者伊维德的《我们读到的是“元”杂剧吗——杂剧在明代宫廷的嬗变》一文为代表。[1]该文以为，对于《元曲选》的改写，其基本要素改动不大，是稳定的。一般认为《元刊杂剧三十种》当是元杂剧的本来面目，是当时演出的抄本，可即使是收录在《元刊杂剧三十种》中的剧本，除一种外，也均标以“新编”或“新刊”字样，说明当时的刊本也存在改动加工的可能性。更何况臧晋叔自己也认为“大抵元曲妙在不工而工。其精者采之乐府，而粗者杂以方言”[2]，必然会尽可能地保留元杂剧的“本色”，不至于大改。因此，本文研究的底本虽是明人的加工本，但应该基本保持了元剧的原貌。

这里还要特别指出，《元曲选》和《元曲选外编》中的部分元杂剧也被收录在其他选本中，如前文所提及的《古今杂剧选》《古名家杂剧》《古杂剧》《元刊杂剧三十种》等。这些不同选本中的同一杂剧均存在区别，或曲词不一，或文字有出入，或分折不同。本书以《元曲选》和《元曲选外编》中的版本为主。

1 ［荷兰］伊维德：《我们读到的是“元”杂剧吗——杂剧在明代宫廷的嬗变》，宋耕译，《文艺研究》，2001年第3期。

2 〔明〕臧晋叔编：《元曲选》，浙江古籍出版社，1989年，第1页。

其次，关于相关剧目的选择问题。在明确了以《元曲选》和《元曲选外编》为元杂剧选取范围之后，对与本论题相关的剧目的选择也需要加以明确界定。经过逐篇阅读审视之后，笔者发现，元杂剧中与复仇相关的剧目情况是比较复杂的：

一方面，其表现复仇的程度不同。有的是一部元杂剧完全敷演了一个复仇故事，以复仇为情节主线，剧本主要表现主人公的复仇过程，如《赵氏孤儿大报仇》《说专诸伍员吹箫》《忠义士豫让吞炭》《昊天塔孟良盗骨》《庞涓夜走马陵道》等；有的不以复仇为主要内容，只在日常的故事发展中夹杂着复仇情节，或表现出复仇思想，如《郑孔目风雪酷寒亭》《刘千病打独角牛》《谢金吾诈拆清风府》《争报恩三虎下山》《须贾大夫谇范叔》《临江驿潇湘夜雨》等。

另一方面，其实现复仇的方式不同。有的是依靠冤魂得以复仇，如《感天动地窦娥冤》《玎玎珰珰盆儿鬼》《神奴儿大闹开封府》《地藏王证东窗事犯》等；有的是依靠清官得以复仇，如《冯玉兰夜月泣江舟》《张平叔智勘魔合罗》《包待制智赚生金阁》《包待制陈州粜米》等。

再有，其复仇的原因不同。有的是因政治原因而复仇，如《昊天塔孟良盗骨》《谢金吾诈拆清风府》《忠义士豫让吞炭》等；有的是因血缘关系而复仇，如《赵氏孤儿大报仇》《包待制陈州粜米》《冯玉兰夜月泣江舟》等。

可见，元杂剧中表现复仇的情况不一而足，并且存在很多交叉情况，如伍子胥向吴国借兵复仇，既是血缘复仇，也牵涉政治原因；赵孤复仇屠岸贾，既是血缘复仇，也夹杂忠奸观念；岳飞冤魂复仇秦桧，既有忠奸因素，也有政治原因；等等。这些涉及复仇的元杂剧都表现出一定的复仇理念，是元杂剧复仇文化研究的基础文本，不过对其中的多数剧目而言，复仇并不是其主要的情节内容，其只是在故事的发展中杂以复仇情节，或是表现出了复仇思想。考虑到这些复杂的情况，本书以为单纯用“复仇剧”来界定研究对象不免失之偏颇，难以准确说明这一定义，因此选择用“复仇相关剧目”来代替“复仇剧”，一方面扩大了研究的文本范围；另一方面，从对元杂剧进行文化研究的角度考虑，复仇相关剧目中的复仇情节所表现出的复仇思想和复仇观念既是笔者研究的内容，也是复仇文化的内涵表现。因此本文将研究范围界定为涉及复仇的元杂剧，只要剧中出现复仇情节或表现复仇思想的剧目，都是本书的研究对象。

三、研究方法与创新之处

（一）研究方法的选择

本书力图运用多种研究方法，并尽力使其有机结合。

1. 文化学研究的方法。元杂剧作为一门综合艺术，是历史的产物，是文化的结晶，是集体的意识，我们的研究应该关注其文化意义。任何时代的文化都是在前代文化的基础上形成和发展起来的，同时又与所处时代的社会背景等因素息息相关。具体到元杂剧中的复仇文化，既要考虑其对于前代复仇思想和复仇文化的继承，又要考虑到元代的社会背景、中原农耕文化与草原游牧文化的综合影响等。

2. 宏观与微观相结合的方法。既有对宏观的文化背景的考察，又有对具体剧目的分析研究；既有对中国古代复仇文化发展的总体把握，又有针对元杂剧中复仇文化的独特性探究。

3. 文献调查的方法。充分占有材料是进行学术研究的先决条件和基础工作，阅读原典、翻检文献，是做好学术研究的基本前提。有关复仇文化的资料繁多而庞杂，丰富而零乱，散见于各种典籍中，要想获取比较完备的资料，需要进行艰苦细致的搜集整理工作。尽可能多地占有资料，查阅前辈学人收集、整理、校订的相关资料，尽力掌握相关课题的研究情况，才能使本课题的研究更加顺利地开展和进行。

（二）创新之处

本书首先以《元曲选》和《元曲选外编》为研究范畴，对元杂剧现存剧目进行梳理，归纳总结出涉及复仇的剧目，为元杂剧的复仇文化研究提供便利。同时对元杂剧中现存的复仇相关剧目进行类型划分，按照复仇原因将其分为亲族复仇和个人恩怨复仇；按照复仇方式将其分为个体独自复仇和得到帮助复仇；按照复仇者身份将其分为平民百姓复仇、朝廷官员复仇和皇族亲属复仇，并单独划分出女性复仇和鬼魂复仇类别。

其次，不同的复仇剧目表现不同的复仇故事，本书分析探讨了元杂剧复仇相关剧目中体现出的各种复仇观念，主要提炼出血亲至上、忠义任侠、清官主事、恩怨分明和善恶有报等复仇观念，基本上可以涵盖中国古代复仇理念的主要内容，是对中国古代复仇文化的有益补充。

再次，本书针对元杂剧中表现出的复仇观念，分别从弘扬复仇的文学传统、元代独特的时代背景、民间深厚的民俗文化和观众欣赏的接受心理等不同角度，围绕复仇母题、异族统治、民俗传统和观众趣味等因素进行分析，从不同角度理解元杂剧中的复仇文化，说明这些因素之间存在共同作用，对元杂剧中的复仇观念产生了综合影响。对这些因素的分析，特别是从民俗文化和接受心理的角度的分析，丰富了复仇文化的研究视角，也拓展了元杂剧的研究范围，对元杂剧的相关文化研究是有所助益的。

第一章

元杂剧复仇相关剧目举要及类型划分

对《元曲选》及《元曲选外编》中所汇总的一百六十二部现存元杂剧逐篇进行阅读审视后，笔者共筛选出与复仇相关的主要剧目五十部。这些剧目的情况不尽相同，有的是以复仇为主线，专门讲述主人公蒙冤受屈后矢志复仇的故事；有的是在剧中出现复仇的情节，成为故事发展不可或缺的组成部分；还有的剧目并没有明确的复仇情节，但表现出复仇思想，强调了复仇的正义性。各种情况不一而足。在数量有限的现存元杂剧中，五十部与复仇相关的剧目占到总数的三分之一，这数量可谓不少，更可见元杂剧中包含着丰富的复仇文化。

第一节　元杂剧复仇相关剧目举要

通过对《元曲选》与《元曲选外编》共一百六十二部现存元杂剧的逐篇阅读，本文共筛选出与复仇相关的主要剧目五十部，其中包括《元曲选》中的三十六部，《元曲选外编》中的十四部；有作者姓名的共三十一部，没有作者信息的共十九部。为方便检视，现将这些剧目列表如下（见表1-1）。

表1-1　元杂剧复仇相关剧目举要

剧目	作者	复仇相关情节	出处
《赵氏孤儿大报仇》（简名《赵氏孤儿》）	纪君祥	赵盾一家三百多口被武将屠岸贾谋害，程婴、韩厥和公孙杵臼合力保下赵氏唯一血脉并将其抚养长大。后赵孤得知真相，杀死屠岸贾，报了血海深仇。	《元曲选》
临江驿潇湘秋夜雨（简名《潇湘雨》）	杨显之	崔通成婚时发誓决不相负，后却另娶他人，并欲害死原配妻子张翠鸾。翠鸾得父亲相助向崔通复仇，但终因养父崔文远求情而改变心意，与崔通团圆。	《元曲选》
郑孔目风雪酷寒亭（简名《酷寒亭》）	杨显之	妓女萧娥嫁孔目郑嵩后，气死郑嵩原妻萧氏，虐待其子女，又与高成私通，后东窗事发，萧娥与高成为郑嵩和宋彬所杀。	《元曲选》
《感天动地窦娥冤》（简名《窦娥冤》）	关汉卿	寡妇窦娥无辜被张驴儿陷害，于是许下三桩誓愿，冤魂不散，鬼魂托梦，终向父亲陈冤，得以向张驴儿复仇。	《元曲选》
《包待制智斩鲁斋郎》（简名《鲁斋郎》）	关汉卿	权贵鲁斋郎强夺银匠李四、孔目张圭之妻，迫使两家妻离子散，最后包拯设计智斩鲁斋郎，两家终得团圆。	《元曲选》

续表

剧目	作者	复仇相关情节	出处
《包待制三勘蝴蝶梦》（简名《蝴蝶梦》）	关汉卿	王老汉被葛彪打死，王家三个儿子替父报仇，亦打死葛彪，却背上官司，后在包拯帮助下王家三个儿子得救。	《元曲选》
黑旋风双献功（简名《双献功》）	高文秀	白衙内与孙荣妻子郭念儿私通，并欲加害孙荣，幸遇李逵路见不平，救下孙荣，杀死白衙内和郭念儿。	《元曲选》
《须贾大夫谇范叔》（简名《谇范叔）	高文秀	范雎受须贾所害，幸遇院公相助，逃往秦国，改名张禄，发迹后欲向须贾复仇，最终念及院公救命之恩对其宽恕。	《元曲选》
《包待制智勘后庭花》（简名《后庭花》）	郑廷玉	王庆与李顺妻私通，两人密谋将李顺害死；翠鸾与母离散，受店小二惊吓而死，其母误认书生为杀死翠鸾凶手。后包公查明案情，大白天下。	《元曲选》
《楚昭公疏者下船》（简名《疏者下船》）	郑廷玉	楚人伍子胥在父亲因直谏被杀后逃往吴国，后得到重用，带兵伐楚，借机为父报仇。楚昭公携妻儿、兄弟逃亡，得申包胥求救秦国，方逃过一劫。	《元曲选》

续表

剧目	作者	复仇相关情节	出处
《破幽梦孤雁汉宫秋》（简名《汉宫秋》）	马致远	毛延寿因王昭君不行贿于他而设计使其沦入冷宫。后昭君得幸，毛延寿逃至“北番”，怂恿单于索要昭君。昭君和亲途中跳江，毛延寿被番王送回汉朝，被汉元帝斩首。	《元曲选》
《半夜雷轰荐福碑》（简名《荐福碑》）	马致远	书生张镐因万言长策得官，官职却被张浩强占，张浩为保官职欲害死张镐，幸被范仲淹好友宋公救下。后张镐被皇帝点为头名状元，并得范仲淹相助，向张浩复仇。	《元曲选》
《都孔目风雨还牢末》（简名《还牢末》）	李致远	李荣祖妾室萧娥与赵令史通奸，并诬告李荣祖私通梁山，李妻被吓死。后萧娥与赵令史被梁山好汉李逵抓住，遭剖腹剜心。	《元曲选》
《玎玎珰珰盆儿鬼》（简名《盆儿鬼》）	费唐臣	小商人杨国用寄宿盆罐赵家时，被盆罐赵夫妻谋财害命，杨国用魂魄附身瓦盆，“玎玎珰珰”说话，向退休差吏张别古诉冤，并在其帮助下向包拯告状，得报大仇。	《元曲选》

续表

剧目	作者	复仇相关情节	出处
《尉迟恭单鞭夺槊》（简名《单鞭夺槊》）	尚仲贤	李元吉诬陷尉迟恭欲反叛，将其下狱，并谎称其叛逃被擒。但在演习中，尉迟恭三次夺槊使元吉坠马，谎言不攻自破。后尉迟恭更以单鞭夺下单雄信的枣木槊，救回李世民。	《元曲选》
《河南府张鼎勘头巾》（简名《勘头巾》）	孙仲章	刘平远妻子与奸夫合谋害死刘平远，却嫁祸于贫民王小二，王小二被昏官判处死刑。张鼎从一头巾发现疑点，追查出真相，王小二获释，刘妻及其奸夫被处死。	《元曲选》
《包待制智赚灰阑记》（简名《灰阑记》）	李行道	富翁马均卿的正妻与奸夫赵令史合谋毒杀亲夫，反诬妾室张海棠；为谋夺家产，又强占海棠之子。后经包拯审案，终真相大白，海棠得以昭雪，马妻与奸夫亦受严惩。	《元曲选》
《张孔目智勘魔合罗》（简名《魔合罗》）	孟汉卿	李文道害死兄长李德昌，反诬兄嫂刘玉娘，逼其为妻不果后，将其告到官府，玉娘被屈判死罪。后张鼎看出破绽，以一个魔合罗为线索，层层追查，找到真凶，保护了无辜。	《元曲选》

续表

剧目	作者	复仇相关情节	出处
《说专诸伍员吹箫》（简名《伍员吹箫》）	李寿卿	伍子胥得知举家被害后，在公子建、浣纱女、渔父等人帮助下，逃往吴国，隐忍十八年，后说服专诸帮助自己，借兵吴国伐楚，向楚平王和费无忌复仇。	《元曲选》
《相国寺公孙合汗衫》（简名《合汗衫》）	张国宾	张孝友雪中救活陈虎，反遭其杀害，妻子李玉娥亦被其抢走，一家人离散。十八年后，张孝友之子擒住陈虎，终于报仇雪恨，母子团聚。	《元曲选》
《同乐院燕青博鱼》（简名《燕青博鱼》）	李文蔚	燕青下梁山治眼，为杨衙内所伤，后与燕顺、燕和结为兄弟。杨衙内与燕和之妻王腊梅私通，被燕青发现，三人合力将杨衙内与王腊梅捉住杀死。	《元曲选》
《救孝子贤母不认尸》（简名《救孝子》）	王仲文	杨谢祖护送嫂子春香回娘家，却遭赛卢医设计陷害，背上杀嫂欺兄之罪，将被处死。所幸其兄杨兴祖回家省亲，路遇春香，得知谢祖被冤，后得王翛然相助，将赛卢医处斩，为妻复仇。	《元曲选》

续表

剧目	作者	复仇相关情节	出处
《昊天塔孟良盗骨》（简名《昊天塔》）	无名氏	杨令公、杨七郎鬼魂托梦杨六郎，告知死亡讯息，诉说赴难经过，表达复仇愿望。杨六郎与杨五郎合力杀死辽将韩延寿，击退辽兵，得胜回朝。	《元曲选》
《金水桥陈琳抱妆盒》（简名《抱妆盒》）	无名氏	刘皇后欲谋害太子，寇承御与陈琳将太子救出并托八贤王抚养，后寇承御被刘后逼死。二十年后太子登基，对刘皇后免予追究，并嘉奖有功之人。	《元曲选》
《风雨像生货郎旦》（简名《货郎旦》）	无名氏	妓女张玉娥嫁与李彦和为妾，后与魏邦彦私通，杀害李彦和一家，所幸彦和之子春郎被好心人救下，长大后承袭千户之职，得以报仇雪恨。	《元曲选》
《崔府君断冤家债主》（简名《冤家债主》）	无名氏	赵廷玉偷了张善友钱，张妻又赖了五台山和尚钱，后两人均投胎张家，前者还债，后者破财，可见得善恶有报。	《元曲选》
《小尉迟将斗将认父归朝》（简名《认父归朝》）	无名氏	尉迟恭降唐，其子尉迟保林被刘季真收养，改名“刘无敌”。二十多年后两军交战前得知真情，尉迟保林阵前认父，并将养父刘季真擒获献唐。	《元曲选》

续表

剧目	作者	复仇相关情节	出处
《神奴儿大闹开封府》（简名《神奴儿》）	无名氏	德义夫妇为夺家产，气死兄长德仁，赶走大嫂，后又勒死德仁之子神奴儿，反诬大嫂害夫杀子。神奴儿以鬼魂托梦老院公，并向包公控诉，得以申冤复仇。	《元曲选》
《冯玉兰夜月泣江舟》（简名《冯玉兰》）	无名氏	泉州知府冯鸾赴任途中被巡江官屠世雄屠船劫妻，只有女儿冯玉兰幸免于难。玉兰随船漂流，得遇都御史金圭，泣诉所遭冤屈，得金圭相助，将其母救出，报了冤仇。	《元曲选》
《庞涓夜走马陵道》（简名《马陵道》）	无名氏	庞涓妒忌孙膑，向魏王进谗，刖去孙膑双脚。后孙膑为齐国军师，统率六国兵马，伏兵马陵，生擒庞涓，将其刖去双足后，斩首示众，报仇雪恨。	《元曲选》
《包待制智赚生金阁》（简名《生金阁》）	无名氏	权贵庞衙内杀死秀才郭成，霸占郭妻李幼奴，夺其宝物生金阁。后郭成鬼魂和李幼奴、福童一起向包拯诉冤，包拯设计从庞衙内手中智赚生金阁，并将其处死。	《元曲选》

续表

剧目	作者	复仇相关情节	出处
《包待制陈州粜米》（简名《陈州粜米》）	无名氏	陈州大旱三年，朝廷派刘得中、杨金吾前去赈济，二人趁机搜刮民脂民膏，还打死了灾民张撇古。张氏之子小撇古向包公诉冤，包公查明真相，后刘得中被打死，杨金吾亦被斩首。	《元曲选》
《谢金吾诈拆清风府》（简名《谢金吾》）	无名氏	北宋枢密使王钦若私通辽邦，为陷害杨六郎，派女婿谢金吾拆毁杨家清风无佞楼，并伤及佘太君，后六郎亦为其所擒。副将焦赞夜入谢府，杀他全家为杨家报仇。	《元曲选》
《朱砂担滴水浮沤记》（简名《朱砂担》）	无名氏	白正害死王文用及其父，霸占其妻，王父冤魂到地曹告状，得以借鬼魂诉之东岳太尉，太尉为王氏父子报仇申冤。	《元曲选》
《争报恩三虎下山》（简名《争报恩》）	无名氏	李千娇曾施恩于关胜、徐宁和花荣三人，后李千娇被王腊梅与丁都管陷害，三人将其救出，并处死了王、丁二人，为李千娇复仇。	《元曲选》

续表

剧目	作者	复仇相关情节	出处
《朱太守风雪渔樵记》（简名《渔樵记》）	无名氏	朱买臣丈人刘二公为激励其进取，故意让女儿向他索要休书，并将其赶出家门。朱买臣受辱发奋，一朝得官，本待羞辱二人，后得知实情，一家团圆。	《元曲选》
《地藏王证东窗事犯》（简名《东窗事犯》）	孔文卿	岳飞、岳云和张宪鬼魂托梦给宋高宗，揭露秦桧夫妇在东窗下密谋陷害岳飞之事，请求高宗诛秦桧，为自己洗冤报仇。	《元曲选外编》
《苏子瞻风雪贬黄州》（简名《贬黄州》）	费唐臣	苏轼被贬黄州后，生活困苦，并被杨太守百般冷落，幸得马正卿时有周济。后苏轼还朝，马正卿受皇上恩遇，杨太守则被贬为平民。	《元曲选外编》
《刘夫人庆赏五侯宴》（简名《五侯宴》）	关汉卿	李从珂偶遇亲生母亲，方知自己乃李嗣源养子。后得知亲母被逼卖身赵太公，并受其子赵脖揪百般欺凌，李从珂将赵脖揪斩首，为母复仇。	《元曲选外编》
《邓夫人苦痛哭存孝》（简名《哭存孝》）	关汉卿	李克用酒醉时听信李存信、康君立二人谗言，杀死义子李存孝。后刘夫人查明真相，李克用杀死李、康二人，祭奠存孝。	《元曲选外编》

续表

剧目	作者	复仇相关情节	出处
《关张双赴西蜀梦》（简名《西蜀梦》）	关汉卿	关羽、张飞二人鬼魂托梦向刘备诉冤及表达对兄弟的牵念之情，请求为二人复仇。	《元曲选外编》
《钱大尹智勘绯衣梦》（简名《绯衣梦》）	关汉卿	书生李庆安与员外之女王闰香由双方父亲指腹订亲，后李家家道中落，闰香欲资助他钱财以作彩礼，恰逢丫环梅香为盗贼所杀，李庆安被疑为凶手，后经钱大尹得神指示为之申冤。	《元曲选外编》
《好酒赵元遇上皇》（简名《遇上皇》）	高文秀	赵元好酒，其妻与臧府尹有私，臧府尹故意陷害赵元。赵元偶遇皇上，并为之解困，后皇上得知其遭遇后，认其为兄弟，并令赵光普捉拿赵元妻子家人，为其报仇。	《元曲选外编》
《忠义士豫让吞炭》（简名《豫让吞炭》）	杨　梓	晋国智伯被赵襄子家臣活捉并杀死，智伯家臣豫让为报主人之仇，“漆身为癞，吞炭为哑”，变形装疯，潜伏多年，行刺赵襄子未遂后自刎身死。	《元曲选外编》

续表

剧目	作者	复仇相关情节	出处
《尉迟恭三夺槊》（简名《三夺槊》）	尚仲贤	尉迟恭曾三次夺槊使元吉坠马，还自己清白。当元吉和建成故技重施时，尉迟恭气愤之下，决心剪草除根。于是在演武场上再次凭一条铁鞭打碎元吉的天灵盖，得报大仇。	《元曲选外编》
《十探子大闹延安府》（简名《十探子》）	无名氏	刘荣祖一家为监军葛怀愍之子葛彪、女婿庞绩庞衙内所害，后得廉使李圭相助，状告三人，葛彪处斩，庞绩免官，葛怀愍充军。	《元曲选外编》
《鲁智深喜赏黄花峪》（简名《黄花峪》）	无名氏	刘庆甫妻为蔡衙内所抢，宋江派李逵下山，救回刘妻李幼奴。蔡逃至云岩寺，遇鲁智深，发生冲突，被鲁擒获，押上梁山后处死。	《元曲选外编》
《狄青复夺衣袄车》（简名《衣袄车》）	无名氏	狄青奉命押解衣袄赏军，路遇劫匪，化险为夷，却被黄轸贪功陷害，幸狄青、刘庆及时发现并告发，黄轸被范仲淹斩首。	《元曲选外编》
《刘千病打独角牛》（简名《病刘千》）	无名氏	“独角牛”马用寻衅刘千，打伤其父，还以言语污辱其妻，刘千决意报仇，后与之打擂得胜。	《元曲选外编》

续表

剧目	作者	复仇相关情节	出处
《海门张仲村乐堂》（简名《村乐堂》）	无名氏	同知二夫人与王六斤私通，欲下毒药害同知，被发现后诬赖大夫人，幸得张本明断，查明真相。同知为保小夫人，用一锭金贿赂张本，被张本上告。同知与大夫人同求岳父张孝友担这一罪名，后恶人被除，同知与夫人无恙，皆大欢喜。	《元曲选外编》

上表对元杂剧中与复仇相关的主要剧目进行了归纳整理，基本表现出了元杂剧中涉及复仇的剧目全貌，但这些剧目各自情况区别较大：有些是完全表现复仇的，如《伍员吹箫》《赵氏孤儿》《昊天塔》等，剧本以复仇为情节主线，主要讲述的就是主人公坚定心意，历尽艰辛，最终实现复仇的故事；有些并不以复仇为主要内容，但故事中夹杂复仇情节，如《五侯宴》《争报恩》《双献功》等；有些则没有明显的复仇情节，而只是表达了一定的复仇思想，如《绯衣梦》《鲁斋郎》等；还有一些既没有复仇情节也没有表现出复仇思想的元杂剧，如《村乐堂》《抱妆盒》等，本书也将其列入表中作为研究内容，因这些剧目中的故事情节也存在受害人与施恶者，但其中的受害人没有向施恶者复仇，这些剧目从另一个方面对复仇文化进行了解释和说明，也是对复仇文化的多元丰富和有益补充。

第二节　元杂剧复仇相关剧目类型划分

对元杂剧进行类型划分这一传统由来已久，但多数分类都是依据题材进行的。最早对元杂剧按题材进行分类的是元末明初的夏庭芝和朱权。元代夏庭芝把杂剧分为十类，他在《青楼集志》中说："杂剧……有驾头、闺怨、鸨儿、花旦、披秉、破衫儿、绿林、公吏、神仙、道化、家长里短之类。"[1]明初朱权在《太和正音谱》中则将元杂剧分为十二科："一曰神仙道化，二曰隐居乐道，三曰披袍秉笏，四曰忠臣烈士，五曰孝义廉节，六曰叱奸骂谗，七曰逐臣孤子，八曰钹刀赶棒，九曰风花雪月，十曰悲欢离合，十一曰烟花粉黛，十二曰神头鬼面。"[2]他们针对元杂剧进行的类型划分，其实大同小异，而且也存在一定的局限性，但毕竟还是反映出人们对于戏曲作品题材类别的初步认识。还有一些现代学者受叙事学理论的影响，对元杂剧的题材划分进行了一些新的尝试。如许金榜将元杂剧分为六类：清官断狱剧、忠智豪杰剧、爱情婚姻剧、遭困遇厄剧、伦理道德剧、道佛隐士剧；将明清传奇也大致分为爱情、政治、历史、伦理道德、公案、英雄豪杰等六类。[3]台湾学者罗锦堂将元杂剧按题材分为八类：历史剧、社会剧、家庭剧、恋爱剧、风情剧、仕隐剧、道释剧、神怪剧。[4]邓绍基主编的《元代文学史》将元杂剧分为爱情婚姻剧、神仙道化剧、公案剧、社会剧、历史剧等五类。欧阳光主编的《元明清戏剧分类选讲》将元明清戏剧分为八个类别：人情世态、历史风云、才子佳人、公案传奇、负心婚变、豪侠英雄、时事政治、神仙道化。[5]可以看出，

1　转引自唐明生《中国古代戏曲批评文体研究》，武汉大学出版社，2021年，第328页。

2　转引自徐子方《明杂剧史》，天津人民出版社，2021年，第80页。

3　此处综合了许金榜《中国戏曲文学史》的有关论述，中国文学出版社，1994年。

4　转引自欧阳光主编《元明清戏剧分类选讲》，高等教育出版社，2007年，第32页。

5　欧阳光主编：《元明清戏剧分类选讲》，高等教育出版社，2007年，第33页。

学者们都在试图按照一定的标准对元杂剧进行划分。但是，值得我们关注的是，复仇作为一种社会现象和剧情内容并没有被单独归类，与复仇相关的元杂剧就分散在这些不同的类别之中。

由此，本书也试图对元杂剧里与复仇相关的剧目进行一定的类型划分，以期更准确地把握这些元杂剧。当然，这些不同的类型划分并不一定完全涵盖与复仇相关的元杂剧，因为具体的情况比较复杂，类型划分只能帮助我们从大体上把握一些相对稳定的规律和特点。就元杂剧中与复仇相关的剧目来看，可以分别从复仇的原因、实现复仇的方式及复仇者的身份等几个角度来进行类型划分。

一、按复仇原因划分的类型

与复仇相关的元杂剧多数都有比较明确的复仇事件，或者是因为家中亲族受到伤害而复仇，或者是因为个人的恩怨而复仇。而且复仇者的心态也都颇为类似，即矢志不渝地要求复仇，不论出于什么原因，受害人对于复仇的坚持是比较一致的。

（一）亲族复仇

亲族复仇即为与自己有血缘关系的亲人，或者没有直接的血亲关系，但已被视为亲人的人复仇，是复仇相关剧目中比较普遍的一种类型。这类复仇表现出浓厚的血亲观念，是最具有正义性的复仇类型。表现血亲复仇的代表性剧目见下表（表1-2）：

表1-2　表现血亲复仇的代表性剧目

剧目	复仇对象	血缘关系	复仇方法
《赵氏孤儿》	屠岸贾	父母亲族	钉上木驴，剐成肉酱
《伍员吹箫》	费无忌、楚平王	父兄亲族	费无忌：枭首示众 楚平王：掘墓鞭尸
《昊天塔》	韩延寿	父兄	砍下首级,剜出心肝
《五侯宴》	赵脖揪	母亲	军前斩首
《冯玉兰》	屠世隆	父母、兄弟	分腰断颈
《蝴蝶梦》	葛彪	父亲	打死
《货郎旦》	张玉娥、魏邦彦	父母	斩首
《合汗衫》	陈虎	父母	碎尸万段
《陈州粜米》	刘得中、杨金吾	父亲	刘得中：用紫金锤打死 杨金吾：斩首
《谢金吾》	谢金吾、王枢密	母亲	谢金吾：杀死 王枢密：上木驴凌迟碎剐
《西蜀梦》	糜芳、糜竺、张达	结义兄弟	杵尖挑头，封头祭酒
《十探子》	葛彪、庞衙内	母亲、妻子	葛彪：当刑处斩 庞衙内：贬为庶人
《哭存孝》	李存信、康君立	义子、丈夫	五车裂死
《病刘千》	“独角牛”马用	父亲、妻子	马用被打败

由表1-2可见，在亲族复仇中，血亲复仇是更加普遍的情况，但具体来看也有不同：《昊天塔》中的杨六郎和杨五郎、《陈州粜米》中的小撇古、《蝴蝶梦》中王家的三个儿子等，都是为报父亲被害之仇；《赵氏孤儿》中的赵孤和《伍员吹箫》中的伍子胥所背负的仇冤更深，不仅两人的父亲被害身死，赵孤的母亲亦为保全赵孤而自尽，赵家三百余口被满门抄斩，伍子胥的兄长伍尚与其父亲一样被害身亡，而且一家老小三百余口也皆被杀害；《合汗衫》中的陈豹将陈虎碎尸万段，是为了报其伤害父亲、霸占母亲之仇，《冯玉兰》中冯玉兰的复仇也是因为屠世隆害死父亲和兄弟，同时霸占了母亲；《货郎旦》中，张彦和之子春郎终将张玉娥与魏邦彦捉住杀死，是因为其气死母亲，害得一家人流离失所；《谢金吾》中杨六郎与焦赞对谢金吾的复仇则是因为母亲受到冲撞和欺压；《五侯宴》具有一定的特殊性，是李存孝的义母出面为其复仇，即没有血亲关系的母亲为儿子复仇；而《病刘千》中的复仇相比于其他复仇剧目则显得温和许多，刘千与独角牛的仇冤只是因为独角牛调戏妻子并打伤父亲和叔父，并没有涉及命案，因此刘千的复仇也只是在打擂中将独角牛打败，没有像其他复仇剧目的复仇表现得那样激烈……可见这些复仇剧目虽都是围绕亲族之人受到伤害后的复仇展开，但具体的亲族身份和复仇程度还是存在差别的，由此也可以看出元杂剧中复仇文化内涵的丰富性。

（二）个人恩怨复仇

个人恩怨复仇是对曾伤害过自己的人进行复仇，这种伤害可能已经危及性命，也可能只是言语不睦，程度上的差异还是比较明显的。之所以将其单独列一类，只是为了与亲族复仇相区别，强调这一类复仇不是为了自己的血亲或其他亲属，而是因个人的恩怨造成的复仇事件。表现个人恩怨复仇的代表性剧目见下表（表1-3）：

表1-3 表现个人恩怨复仇的代表性剧目

剧目	复仇对象	复仇方法
《谇范叔》	须贾	羞辱打骂
《马陵道》	庞涓	刖足分尸
《荐福碑》	张浩	明正典刑
《衣袄车》	黄轸	推转杀坏
《三夺槊》	李元吉	以鞭打死，尸首不全
《东窗事犯》	秦桧	剖棺椁，锉尸骸
《神奴儿》	王腊梅	明正典刑
《朱砂担》	白正	押赴酆都，永为恶鬼
《盆儿鬼》	盆罐赵夫妻	凌迟处死
《还牢末》	萧娥、赵令史	剖腹剜心
《生金阁》	庞衙内	斩首示众
《燕青博鱼》	杨衙内、王腊梅	分尸断首
《窦娥冤》	张驴儿	钉上木驴，剐刀处死
《酷寒亭》	萧娥、高成	萧娥:杀死 高成:挑筋剔骨，万剐凌迟
《双献功》	白衙内、郭念儿	断头枭首
《灰阑记》	马均卿正妻、赵令史	凌迟处死
《单鞭夺槊》	尉迟恭	关在牢中
《潇湘雨》	崔通	夫妻复合

由表1-3可见，个人恩怨复仇在元杂剧中的数量是比较多的，

但无论是在受到伤害的程度上还是在复仇的力度上，都存在一定的区别。如《东窗事犯》《朱砂担》《盆儿鬼》《神奴儿》《窦娥冤》《生金阁》这几部剧，都是复仇者已被害死，复仇是他们以冤魂的身份实现的，因此他们也都表现出“杀人偿命”“一命还一命”的伦理观，这些被寻仇者或者被“剖棺椁，锉尸骸”“押赴酆都，永为恶鬼”，或者被“钉上木驴，剐刀处死”“凌迟处死”“斩首示众”，表现出被害致死的复仇者坚定不移的复仇态度。再如《马陵道》《荐福碑》《还牢末》《三夺槊》《衣袄车》等剧，复仇者很侥幸地躲过被害身死的命运，但复仇意念并未减少，仍态度坚决地实施复仇；《燕青博鱼》和《双献功》中更是表现出梁山好汉“路见不平、拔刀相助”的江湖义气，尽管这两部剧中的受害人都没被害死，但其遭遇在豪侠义士燕青和李逵看来还是无法容忍，因此杨衙内和王腊梅被分尸断首，白衙内和郭念儿也被断头枭首。《酷寒亭》中的郑嵩则是因为萧娥与人私通，又虐待两个孩子，故而将其杀死复仇，后萧娥之奸夫高成又欲加害，郑嵩终在宋彬的帮助下向高成复仇，将高成挑筋剔骨、万剐凌迟，表现出强烈的复仇情感。相对来说，《单鞭夺槊》中的李元吉，因为曾被尉迟敬德打过一鞭而向其寻仇，将其关在牢中意图将其害死，但并未成功，复仇的程度相对弱些。另外几部与个人恩怨复仇相关的剧目则表现出一些不同的特点，颇值得我们注意。如《谇范叔》中的范雎，因被须贾误会而受到欺侮，甚至被打得昏死过去，须贾以为范雎已死，命人将其扔在茅厕，两人就此结仇。后范雎得院公相助逃出魏国，并在改名换姓后一朝发迹，成了秦国的丞相，意欲向须贾复仇。不过，因须贾对其有赠袍之义，再加上老院公的相求，范雎最终放弃了复仇。再如《潇湘雨》中，崔通不仅抛弃了发妻张翠鸾，还诬陷她是家中偷了东西的奴婢，要将她押解到沙门岛，甚至暗地交代差役在路途之中将她害死。后张翠鸾得父亲相救，亲自去捉拿崔通，想为自己复仇，但最终还是在养父崔文远的恳求下放弃了复仇。总的来说，受到伤害的复仇者多数都是有着强烈的复仇意愿的，并且一定要看到明确的复仇结果，采取的复仇手段也颇为凶残。不过，也存在一些复仇者因种种原因而放弃复仇的情况。复仇的面貌体现出多样性。

二、按复仇方式划分的类型

面对亲族受到伤害或个人利益受到影响，受害人往往会表现出强烈的复仇心态，并会尽最大努力保证复仇的实现，但不同的复仇剧目表现的不同的复仇故事，其复仇的具体方式还是存在差异的。

（一）个体独自复仇

在涉及复仇的元杂剧中，有一些复仇人物，既没有寻求朋友的帮助，也没有试图通过官府这一途径，完全是依靠自己的坚强意志和聪明才智来完成复仇的，可将其总结为个体独自复仇。这些复仇者多数是社会生活中的弱者，在这种情况下想要完全依靠个体力量独自复仇，无疑是很困难的。相对来说，个体独自复仇的元杂剧数目是比较少的，主要有以下几部（见表1-4）：

表1-4　表现个体独自复仇的代表性剧目

剧目	复仇相关情节	复仇结果
《三夺槊》	尉迟恭打死李元吉，以报其屡次加害自己之仇。	成功
《病刘千》	“独角牛”马用寻衅刘千，且辱其妻，刘千决意报仇，与之打擂得胜。	成功
《豫让吞炭》	智伯被赵襄子所杀，其家臣豫让欲杀死赵襄子为智伯复仇。	不完全成功

由表1-4可见，个体独自完成复仇的剧目非常有限，但其涉及的复仇情况也不尽相同。《三夺槊》中的尉迟恭因李元吉的故意陷害而与之结仇，最后尉迟恭将李元吉用鞭打死，靠一己之力实现复仇。《病刘千》中的刘千因“独角牛”马用打伤父亲又侮辱妻子而与之结仇，后来在擂台上将其战胜，完全凭个人的能力实现复仇。其中最值得探究的是《豫让吞炭》，与《三夺槊》中的尉迟恭为自己复仇和《病刘千》中的刘千为父亲和妻子复仇不同，《豫让吞炭》中的豫让乃是为自己的故主智伯复仇。智伯为赵襄子所杀，豫让要杀死赵襄子为其复仇，但以豫让一人之力，屡次试图谋杀赵襄子都未能成功，最后赵襄子感念豫让的忠义之情，脱下衣服，让其用剑砍斩其衣服，通过这种方式使豫让得到复仇心理上的满足，但复仇并不能算是完全实现。在与复仇相关的五十部元杂剧中，真正依靠个人力量实现的复仇剧目只有寥寥三部，这也充分说明了仅靠个人之力实现复仇并非易事。

（二）得到帮助复仇

在更多的与复仇相关的元杂剧中，复仇者往往是依靠外来的帮助来完成复仇的，相助的一方可能是正直的官吏，也可能是朋友或侠义之士，又或者是神鬼。这类代表剧目见下表（表1-5）：

表1-5　表现在他人相助下复仇的代表性剧目

类型	剧目	相助复仇之人
忠义之士相助	《赵氏孤儿》	韩厥、公孙杵臼、程婴
	《伍员吹箫》	公子建、浣纱女、渔父、专诸
	《昊天塔》	孟良

续表

类型	剧目	相助复仇之人
忠义之士相助	《谢金吾》	焦赞
	《合汗衫》	赵兴孙
	《争报恩》	关胜、徐宁、花荣
	《酷寒亭》	宋彬
	《还牢末》	李逵
	《双献功》	李逵
	《燕青博鱼》	燕青
清官相助	《盆儿鬼》	张别古、包拯
	《神奴儿》	包拯
	《生金阁》	包拯
	《灰阑记》	张林、包拯
	《窦娥冤》	窦天章
	《冯玉兰》	金御史
	《十探子》	李圭
神灵相助	《朱砂担》	东岳太尉
	《东窗事犯》	地藏王
皇帝相助	《贬黄州》	皇帝
	《遇上皇》	皇帝

由表1-5可见，得到帮助而实现的复仇占了复仇相关元杂剧的绝大部分，与完全依靠个人复仇相比，在实现复仇的过程中得到帮助确实会起到助推的作用。当然，这个助推作用的程度大小对

于复仇者而言还是存在区别的，得到帮助的方式和提供帮助者的身份也有所不同。在复仇过程中得到帮助的剧目，大体可以划分为忠义之士相助、清官相助、神灵相助和皇帝相助等四类。其中，得到忠义之士帮助的复仇剧目是最多的。如《赵氏孤儿》中赵孤的复仇就得到了韩厥、公孙杵臼和程婴的帮助，韩厥为了赵孤能顺利逃走而自尽身亡，公孙杵臼为保住赵孤的性命而触阶身死，程婴付出的最多，不仅冒着生命危险将赵孤救出，还牺牲了自己的亲生儿子，抚养赵孤二十年。如果没有这些忠义之士的自我牺牲和帮助，赵孤对屠岸贾的复仇最终是根本不可能实现的。又如《伍员吹箫》中伍子胥的复仇也得到了很多人的帮助，其中，公子建、浣纱女和渔父都为他牺牲了性命，最后他终于在专诸的帮助下得以报仇雪恨。《昊天塔》和《谢金吾》则讲的都是杨家将的故事，《昊天塔》中，杨六郎要为惨死于战场并每天遭受箭射尸骸之辱的父亲和兄弟复仇，《谢金吾》中的杨六郎则是要为被谢金吾欺侮推伤的母亲复仇，这两部剧中杨六郎的复仇也分别得到了孟良和焦赞的帮助。《酷寒亭》中的郑嵩和《合汗衫》中的张孝友一家都曾施恩于人，因此当他们受到伤害意图复仇时，也得到了他们当初帮助过的宋彬和赵兴孙的帮助。《燕青博鱼》《还牢末》《争报恩》《双献功》等剧中的受害人则都是得到了梁山好汉的帮助而实现复仇。

除忠义之士相助复仇之外，复仇者还往往会求助于清官，希望他们能主持正义，为自己报仇雪恨。在这些剧目中，包拯是最为人熟知的清官形象，也是出现次数最多的一位，如在《灰阑记》《盆儿鬼》《神奴儿》和《生金阁》中，张海棠及被害身死的杨国用、神奴儿和郭成都是得到了包拯的帮助而实现复仇的。《冯玉兰》中的冯玉兰则是向金御史诉冤，得其相助终于向屠世隆复仇。《十探子》中刘荣祖和刘彦芳父子的复仇是在廉访使李圭的帮助下实现的。而《窦娥冤》中的清官相助则表现得比较特别，因为帮助窦娥实现复仇的清官同时也是她的亲生父亲。

神灵相助也是复仇者实现复仇的一个有效途径，如《朱砂担》中的王文用已被白正害死，其鬼魂的复仇是在东岳太尉的帮助下实现的；《东窗事犯》中的岳飞、岳云和张宪，也是在被秦桧害死后，得到地藏王的帮助而实现了对秦桧的复仇。

此外，还有皇帝在复仇过程中起到助推作用的剧目，如《遇上皇》中的宋太祖帮助赵元向妻子、岳父和臧府尹复仇；《贬黄州》中的宋神宗主动处理了窘辱苏轼的杨太守，帮助苏轼实现复仇。

总之，在得到帮助而实现复仇的元杂剧中，还是以忠义之士和清官帮助为主，这也说明了对于复仇事件，人们更倾向于得到“路见不平，拔刀相助”的侠客义士的相助，也更倾向于能有一个清正廉明、刚直机敏的官员来主持正义，使复仇者能得到公平。相对于神灵帮助和皇帝帮助来说，这是更具现实性的愿望。

三、按复仇者身份划分的类型

对元杂剧复仇相关剧目的类型划分，还可以根据复仇者的身份来进行。在表现复仇的元杂剧中，虽然受到伤害的复仇者都表现出誓要复仇的坚定决心，但这些复仇者的社会身份还是存在区别的，大体上可以划分为普通百姓、朝廷官员和皇族亲属三种，现将主要相关剧目列表如下（表1-6）：

表1-6　按复仇者身份来划分的元杂剧类型

身份	剧目	复仇原因
普通百姓	《陈州粜米》	亲族复仇
	《蝴蝶梦》	亲族复仇

续表

身份	剧目	复仇原因
普通百姓	《窦娥冤》	个人恩怨
	《朱砂担》	个人恩怨
	《盆儿鬼》	个人恩怨
	《生金阁》	个人恩怨
朝廷官员	《赵氏孤儿》	亲族复仇
	《伍员吹箫》	亲族复仇
	《西蜀梦》	亲族复仇
	《十探子》	亲族复仇
	《谢金吾》	亲族复仇
	《昊天塔》	亲族复仇
	《货郎旦》	亲族复仇
	《哭存孝》	亲族复仇
	《合汗衫》	亲族复仇
	《谇范叔》	个人恩怨
	《贬黄州》	个人恩怨
	《荐福碑》	个人恩怨
	《马陵道》	个人恩怨
	《酷寒亭》	个人恩怨
	《衣袄车》	个人恩怨
	《单鞭夺槊》	个人恩怨
	《东窗事犯》	个人恩怨

续表

身份	剧目	复仇原因
朝廷官员	《双献功》	个人恩怨
	《还牢末》	个人恩怨
皇族亲属	《抱妆盒》	亲族复仇
	《汉宫秋》	个人恩怨

由上表可见，元杂剧中表现的复仇事件，其复仇者的身份是比较多元的，但无论是普通百姓还是在朝为官者，在受到伤害后都坚持要向施恶者复仇，这也说明了复仇思想是一种广受认同的伦理观念和人生信条。

从普通百姓的情况来看，《蝴蝶梦》中的王家父子和《陈州粜米》中的张撇古父子是平民，《朱砂担》中的王文用和《盆儿鬼》中的杨国用是小商贩，《生金阁》中的郭成是个书生，他们都处在社会生活的最底层，最易受到权豪势要和流氓恶霸的欺压，是最不受保护和最难以自我保护的人群。这一个阶层的复仇者数量并不算多，而且基本上都是在得到帮助的前提下实现复仇的，可见对平民百姓来说，想在阶级社会中求得公平是很难的。

与普通百姓相比，朝廷官员身份的复仇者数量较多，当然，这些复仇者的具体身份也不尽相同。如《西蜀梦》中的关羽和张飞是蜀国的开国元勋，《赵氏孤儿》中的赵孤承袭了赵家的爵位，《伍员吹箫》中的伍子胥是楚国的十三太保大将军和樊城太守，《东窗事犯》中的岳飞是南宋最有能力抵抗金国的武将，《昊天塔》和《谢金吾》中镇守边关的杨六郎更是宋朝不可或缺的对付辽国的名将，《三夺槊》中的尉迟恭追随秦王李世民为唐朝的建立立下汗马功劳，《马陵道》中的孙膑是齐国的军师，《谇范叔》中的张禄（范雎）是秦国的丞相，《贬黄州》中的苏轼是翰林学士……这些复仇者都是朝廷重臣。而《酷寒亭》中的郑嵩、《十探子》中的刘彦芳、《双献功》中的孙荣都只是衙门中的“把笔司吏”，《还牢末》中的李荣祖是个“把笔六案都孔目”，这些复仇者与那些朝廷重臣不同，他们都是下层官吏。

在这些复仇者中，还有一类比较特别，就是皇族的复仇，表现这一内容的主要有《抱妆盒》和《汉宫秋》，这两部剧的情况也不太一样。《抱妆盒》剧述刘皇后欲害死李美人产下的太子，太子幸得寇承御和陈琳相救，在八贤王的抚养下顺利成长，后登基为帝，即宋仁宗，经陈琳相告获知真实身份及经历；面对刘皇后欲将自己害死，又将亲生母亲李美人幽禁冷宫，寇承御也为自己而死的事实，宋仁宗却并未因此而向刘皇后复仇。这部剧中表现出的不再追究的复仇观点与其他相关剧目中矢志复仇的坚定信念不同。这一观念上的转变同复仇者的身份有着密切的关系，不同的身份使得复仇者考虑的问题也有所不同，仁宗皇帝担心若追究责任，会伤害到先帝的盛德，为朝廷形象着想，他也只好选择暂且忍耐。《汉宫秋》与《抱妆盒》不同，汉元帝因王昭君之事对毛延寿生恨，誓欲杀之，因此当单于将毛延寿遣返汉朝后，汉元帝立即将毛延寿斩首，为王昭君报仇。就这两部剧来看，《抱妆盒》是皇族内部的恩怨纠葛，皇帝自身并未真正受到伤害并顺利登基，因此为顾全皇族颜面，选择了宽释；《汉宫秋》是皇帝对属下的怨怒，加之王昭君已然投江而死，因此将毛延寿斩首处死也是必然结果。

四、其他类型

除前文所分析的几种类型之外，表现复仇的元杂剧中还存在一些其他类型，这些类型难以归类到前面的类型之中，现将其整合到一起，列为其他类型，其中又可细分为女性复仇和鬼魂复仇两类。

（一）女性复仇

女性复仇在元杂剧中并不多见，多数女性即使在生活中受到伤害，也没有积极的复仇行为，除了忍耐和接受，就只有期盼神灵或清官的帮助，这也在某种程度上表现出当时女性低下的社会地位和活动能力。元杂剧中表现女性复仇的剧目较少，现将主要剧目列表如下（表1-7）：

表1-7　表现女性复仇的代表性剧目

身份	剧目	复仇相关情节	复仇结果
女性	《窦娥冤》	窦娥的鬼魂向陷害自己的张驴儿复仇。	成功
	《冯玉兰》	冯玉兰得金御史相助向害死父亲兄弟、强抢母亲的屠世隆复仇。	成功
	《争报恩》	李千娇在梁山好汉帮助下向陷害自己的王腊梅和丁都管复仇，最终夫妻和好。	成功
	《潇湘雨》	张翠鸾向抛弃并欲杀害自己的丈夫崔通复仇，但最后夫妻团圆。	放弃复仇

《窦娥冤》中的窦娥蒙冤受屈而死，她表现出强烈的复仇意愿，即使化为鬼魂也要向张驴儿复仇，最终在父亲的帮助下得偿所愿。而《冯玉兰》中，冯玉兰的父亲和兄弟惨遭杀害，母亲被强行霸占，她靠着机智侥幸逃脱。尽管只剩孤身一人，这个只有

十二岁的少女还是念念不忘要找个清官，为家人报仇，终于在金御史的帮助下救出母亲，使屠世隆伏法，大仇得报。这两部剧的复仇者虽都是年轻女子，但面对害己和害亲的仇人，同样表现出坚定的复仇之心，并最终达成复仇心愿。

但是，另外两部表现女性复仇的元杂剧表现出不一样的特点。在《争报恩》中，李千娇被王腊梅和丁都管陷害，险些丧命，后被梁山好汉救出，王腊梅和丁都管也被捉上梁山、碎尸万段，她在梁山好汉的帮助下成功复仇。但是在如何对待她的丈夫赵通判这一问题上，她和救她性命的结义兄弟们产生了分歧，她因丈夫的怀疑和冷漠而感到伤心，不愿再与之复合，可最终还是在梁山好汉的劝慰下夫妻团圆，表现出当时夫妻关系中女性的从属地位。尽管男性对女性造成伤害，但女性出于对家庭观念和女性贞节的考虑，往往会委曲求全，原谅对方。这种情况在另一部表现女性复仇的元杂剧《潇湘雨》中有更明显的表现，张翠鸾因与父亲离散被崔文远收留为养女，后嫁与崔文远之侄崔通，不料崔通科举得中后背信弃义，别娶试官之女为妻。翠鸾千里寻夫，崔通不仅不与之相认，反而诬陷她是家里偷东西的奴婢，要将其押解至沙门岛，还暗地交代差役在路上将翠鸾害死。所幸翠鸾在驿站与失散多年的亲生父亲重逢，得父亲相救后亲自前去捉拿崔通，誓要报仇。翠鸾的复仇意愿还是很强烈的，但是，她最终还是在养父崔文远的恳求下放弃了向崔通复仇。相对于《争报恩》中赵通判对李千娇的态度，《潇湘雨》中崔通的表现更加恶劣，他对翠鸾是明目张胆的蓄意谋害，可即使是这样，翠鸾还是不念旧恶，仍与崔通夫妻团圆。这固然有报崔文远救命之恩的原因，但更主要的还是翠鸾的女性身份使然。对于这一点，她自己也有着清醒的认识："这是孩儿终身之事。也曾想来，若杀了崔通，难道好教孩儿又招一个?""也非俺只记欢娱不记冤，到底是女孩儿的心肠十分样软。”可见古代女性在婚姻生活中的从属地位决定了她们无法向丈夫寻仇，更多情况下，她们会选择以隐忍换来家庭的安定和夫妻的团圆。

（二）鬼魂复仇

在一些表现复仇的剧目中，因受害者已被害死，其复仇往往会借鬼魂的身份来实现，这些元杂剧表现出了更加强烈的复仇愿望。表现鬼魂复仇的代表性剧目见下表（表1-8）：

表1-8 表现鬼魂复仇的代表性剧目

复仇鬼魂	剧目	具体方法
关羽、张飞	《西蜀梦》	梦诉
杨令公、杨七郎	《昊天塔》	梦诉
岳飞、岳云、张宪	《东窗事犯》	梦诉
王文用、王从道	《朱砂担》	索命
杨国用	《盆儿鬼》	魂告
郭成	《生金阁》	魂告
冯太守等五人鬼魂	《冯玉兰》	魂告
窦娥	《窦娥冤》	梦诉、魂告
神奴儿	《神奴儿》	梦诉、魂告

由上表可见，以鬼魂身份要求复仇的元杂剧为数不少，不过具体情况也存在区别。从身份来看，他们生前或者是忠肝义胆、为国效命的朝中大臣，如《昊天塔》中的杨令公和杨七郎，《东窗事犯》中的岳飞、岳云和张宪，《西蜀梦》中的关羽和张飞；或者

是老实本分、隐忍善良的平民百姓，如《窦娥冤》中的窦娥，《朱砂担》中的王文用，《盆儿鬼》中的杨国用；甚至还有尚未成年的孩子，如《神奴儿》中的神奴儿。从复仇缘由来看，他们或者是因为军事争斗为敌方所害，如《昊天塔》中杨令公因宋辽之战被韩延寿杀害，《西蜀梦》中关羽为糜芳所害，死于吴国孙权之手，张飞被部下张达暗算，后张达也投奔吴国；或者是因政治斗争被奸臣谋害，如《东窗事犯》中的岳飞、岳云和张宪被秦桧暗害；或者是因财殒命，如《朱砂担》中的王文用和《盆儿鬼》中的杨国用分别被白正和盆罐赵夫妻谋财害命，《神奴儿》中的神奴儿也是因为家庭的财产继承人身份而受到婶娘王腊梅的残害；或者是受诬陷致死，如《窦娥冤》中的窦娥被张驴儿诬陷毒死张父而被判斩首；或者是因夺妻被害，如《生金阁》中的郭成因庞衙内要霸占其妻李幼娥而被杀死，《冯玉兰》中冯玉兰的父亲冯太守等五人则是因屠世隆要霸占冯妻而被害死。

鬼魂复仇是“死后有灵”原始观念在元杂剧中的延续，同时也表现出惩恶扬善、伸张正义、善恶有报的复仇逻辑，突出了复仇主体强烈的复仇意志和主观能动性。通过对鬼魂复仇类型的分析，可以看出“有仇必报”这一复仇思想在元代被普遍接受，屈死之人即使在生前没能复仇，没能得到应得的公平和正义，死后也要以鬼魂的身份寻求复仇，这正是复仇正义性的必然逻辑表现。但是，在这些剧目中我们也看到，由于复仇对象的强大和鬼魂身份的限制，鬼魂往往并不能依靠自身的力量实现复仇，而必须依靠外力相助。鬼魂在复仇过程中使用的求助方法主要表现为梦诉或魂告。“梦诉”，即向他们欲寻求帮助的人托梦，倾诉冤屈并恳求复仇，如《昊天塔》中杨令公和杨七郎向杨六郎托梦，告之被害身死的原因经过，提出复仇要求；《西蜀梦》中关羽和张飞向刘备托梦诉冤，恳求报仇；《东窗事犯》中岳飞带同岳云、张宪向宋高宗托梦，恳求向秦桧复仇；《窦娥冤》中窦娥也向父亲托梦，请求为自己复仇。除“梦诉”外，还有一种形式是“魂告”，即鬼魂向主事的官员诉冤，要求复仇。这主事之官员可以是人间之官，如包拯——《盆儿鬼》中杨国用的鬼魂、《神奴儿》中神奴儿的鬼魂、《生金阁》中郭成的鬼魂都是向包拯诉冤，要求其主持正义；也可以是阴间之官，如地曹判官——《朱砂担》中，王文用之父王从道的鬼魂便是向地曹判官告状，要求为其复仇。与上面的两种情况相区别，《朱砂担》中还出现了复仇者王文用的鬼魂直接向复仇对象白正索命的复仇方式，不过并没成功，最后还是在东岳太尉的帮助下才得以实现复仇。

在这些表现鬼魂复仇的元杂剧中，尽管复仇者生前有不同的社会身份和社会地位，可一旦变成鬼魂，其行为能力便受到了同样的约束和限制。如在《西蜀梦》中，关羽和张飞的鬼魂便慨叹：“往常真户尉见咱当胸叉手，今日见纸判官趋前退后，元来这做鬼的比阳人不自由！立在丹墀内，不由我泪交流，不见一班儿故友。”同样，《盆儿鬼》中杨国用的鬼魂、《生金阁》中郭成的鬼魂也都在向包拯告状时受到门神户尉的阻挠；《神奴儿》中神奴儿的鬼魂也是在何正和包拯的帮助下才得以进入衙门，向包拯诉屈申冤。甚至《窦娥冤》中的窦娥鬼魂向亲生父亲托梦也受到阻挠，门神户尉不放她进去，让她不由得发出疑问：“我是那提刑的女孩，须不比现世的妖怪。怎不容我到灯影前，却拦截在门桯外?”充满了死而为鬼的冤屈和无奈。

因此，无辜被害的他们，即使化成鬼魂也还是要复仇，他们对复仇的坚持也强化了复仇的正义性，加深了元杂剧的复仇观念。鬼魂复仇是表现复仇内容的元杂剧中的一个重要类型，通过鬼魂的复仇，一方面社会公义得以实现，另一方面复仇主体也能得到相应的心理平衡和情绪补偿，同时也满足了观众的情感需求。

以上是对元杂剧中与复仇相关的剧目进行的类型划分，进行类型划分的标准是多样的，本文分别选择了从复仇的原因、复仇的方式和复仇者的身份这三个角度进行分类，试图从这些角度来更好地把握元杂剧中的复仇思想和复仇观念。

第二章

元杂剧中体现的多种复仇观念

经过前文的整理归纳，我们已知元杂剧中有数量不少的表现复仇的剧目，这些剧目敷演不同的复仇故事，是一个庞杂而丰富的体系。不同身份的复仇者由于不同的复仇原因采用不同的复仇方式，但他们的最终目的是一致的，即要求复仇的实现。这些复仇相关的剧目体现出多种多样的复仇观念，或强调血亲观念，或表达忠义思想，或仰慕侠士情怀，或期盼清官主事，或主张恩怨分明，或坚信善恶有报。各种复仇观念在不同的剧目中不断交替闪现，互相交织，彼此呼应，表现出丰富而浓烈的复仇精神。

第一节　血亲至上观念

血亲（consanguinity），是指有血缘关系的亲属，也就是以具有共同祖先为特征的亲属关系。血亲体系又分为直系血亲和旁系血亲两种，所涉范围并不狭小，直系血亲是指有直接血缘关系的亲属，从自身往上数的亲生父母、祖父母（外祖父母）等均为长辈直系血亲，从自身往下数的亲生子女、孙子女、外孙子女均为晚辈直系血亲，是与自己具有同一血缘的亲属；而兄弟姐妹、叔伯、姨舅和侄甥等平辈、长辈、晚辈，则属于旁系血亲的范畴。在社会生活中，人们需要寻找到一种归属感，而最重要的归属感便来自血缘亲族。"血亲信仰是人类血缘范畴的精神崇拜和道德构架"[1]，适用于整个人类社会，不过对于中国人来说，这种信仰表现得更加明确而坚定。

一、血亲观念是宗法社会的本根基础

古代中国是宗法社会，由家而生国，因此整个社会的指导思想不外是家庭理念的扩大化。宗法社会对血缘关系是极度重视的，特别强调血缘关系的唯一性，认为血缘关系是维系家族关系的根本力量。因此，当有血缘关系的人受到伤害时，为之复仇是必然的选择，是一种为人们所普遍认可和接受的行为准则和道德习俗。有学者指出："以血缘亲情原则作为伦理规范体系的至上本根基础，构成了儒家伦理区别于墨家伦理、道家伦理、佛教伦理的独特本质。"[2]儒家伦理的主要构成因素基本都来自血缘亲情和家族观念。首先，它特别注重宗法家族关系的伦理道德意义。其次，它以血缘亲情作为确立宗法伦理规范的内在依据。再次，它认为这些血亲伦理规范是一切道德行为的本根基础。最后，它赋予血缘亲情原则以天经地义的至上意蕴。[3]因此，作为国家主流意识的儒家伦理也就确立了血亲复仇的正义性。儒家伦理讲究"孝亲"，把"孝"作为维系家庭关系的前提和根本，《论语·学而》云："孝弟也者，其为仁之本与！"[4]"孝亲"观念也是以儒家思想为立国之本的封建社会的道德基础，为亲族复仇正是仁孝思想的一种体现。"儒家思想所确立的复仇原则深入人心，催动后人在人生变故面前做出毋庸置疑的反应，这种反应来自以孝为核心的儒家纲常系统发

1 李俊策、杨明堂、王环：《论血亲信仰的本质及其现实意义》，《山东青年政治学院学报》，2012年第1期。

2 刘清平：《儒家伦理：道德理性还是血亲情理？》，《中国哲学史》，1999年第3期。

3 刘清平：《儒家伦理：道德理性还是血亲情理？》，《中国哲学史》，1999年第3期。

4 杨伯峻：《论语译注》，中华书局，2017年，第2页。

出的不容抗拒的指令，也是个体情感冲动的内在理性基础。”[1]

在体现复仇文化的元杂剧中，“血亲至上”堪称最为重要的复仇观念，也被广泛地接受认同和坚定地贯彻执行。但凡亲属受到他人伤害，特别是直系血亲，被害者的亲人都会毫不犹豫地向施恶者寻仇，而且往往都意志坚定，即使力量悬殊，甚至要以牺牲自己的性命为代价，也不能影响其复仇的决心。其中，为父母报仇是最常见的血亲复仇现象，也是元杂剧中表现最多的复仇情节之一。

《蝴蝶梦》中的王父无故被葛彪打死，王氏兄弟听说后立刻寻到葛彪，也将他打死。《陈州粜米》中的张撇古因为揭穿了小衙内和杨金吾名为赈灾实为敛财的卑劣行径，在与其理论的过程中被小衙内用紫金锤打死，小撇古发誓要为父亲复仇：“此生不是空桑出，不报冤仇不姓张。”后直奔京师，找包拯告状，为父报仇。《昊天塔》中的杨六郎，于梦中见到父亲和兄弟的鬼魂，才知道父亲已被杀害，痛苦地表示“我今不报冤仇去，枉做英雄一世人”，誓要为父亲报仇。

作为复仇者的王氏兄弟和小撇古，就力量对比来说与施恶者差别甚大，前者不过是普通百姓，而后者葛彪、小衙内和杨金吾都是权豪势要，占有绝对意义上的优势。杨六郎要单枪匹马闯入番营为父亲取回骨殖，再向辽国大将韩延寿寻仇，其危险程度更是可以想见的。可见复仇是他们在父亲受到伤害后做出的直接反应，并不是经过反复思量、左右权衡后做出的决定。血亲复仇的强大伦理感召甚至可以超越宗教信仰，《昊天塔》中已经皈依佛门的杨五郎，在与兄弟意外重逢时得知父亲被害后，也不再是四大皆空的出家人，而只是一个一心要为父亲复仇的伤心儿子：“休怪

1　练素华：《中国古代叙事文学中的血亲式复仇母题初探》，《湘潭师范学院学报（社会科学版）》，2008年第5期。

俺出家人没的这慈悲性，怒轰轰恶向胆边生，兀良只要你偿还那令公爹爹命。”“非是咱不修行，见仇人分外明。若不打死您泼残生，这冤恨几时平!”可见即便是主张脱离俗世的佛教也不能抹杀“血亲至上”的儒家伦理观念的合理性，更见出“血亲至上”复仇思想之深入人心。

二、血亲关系使个人找到血缘归属

由于血亲观念在宗法社会中的重要地位，对血缘归属的找寻成为人们在社会生活中最为重要的存在价值之一。血亲关系正是给予人们血缘归属的根本所在，对血缘归属的探求也正是对血亲关系的寻找，这种找寻是终其一生的，甚至可以让人罔顾时间的跨度和养育之情。血亲关系的变化导致了血缘归属的改变，即使是从小被养父母抚养长大，已经得到了一个合理的社会身份，可一旦知道并非亲生，感情也会立即发生转移，甚至连于己有恩的养父母也从亲人变成了仇人。

《合汗衫》中，张孝友一家被陈虎暗算，李玉娥为保全肚子里的孩子，不得不含屈忍辱地与陈虎生活，陈豹在陈虎的打骂下长到十八岁时，才知道了自己的身世。他一直对陈虎隐忍是因为后者是自己的父亲，如今得知他不仅不是自己的生父，反而是害死生父的仇人，当时便气得昏死过去，醒来就骂道：“这贼汉原来不是我的亲爷!”并立即决定要去窝弓峪里，“拿贼汉报父冤仇”。

《认父归朝》中的尉迟保林，在知道自己被收养的实情后也立刻丢弃了“刘无敌”的身份，甚至决定要捉了养父刘季真向亲生父亲尉迟敬德献礼。他毫不念及刘季真二十年的养育之恩，转眼便将父子亲情全部转移至二十年未曾谋面、也从未尽过抚养义务的尉迟敬德身上，就连当年刘季真的收养，也变成了造成“父子分离二十年”的根由。在他看来，“我本是尉迟保林，直被你瞒到如今。执缚去权为投献，请看道那个欺心”，因此表示要“竭力报冤仇，在意的驱兵众”。一切都在说明真相后变得理所当然，刘季真也只好慨叹“罢、罢、罢，他本是尉迟公的孩儿，没来由养的他长大成人”，无奈接受“倒将我来做降唐的礼物”这样的结果，可见血亲之情的感召高于一切。

《赵氏孤儿》更是血亲复仇的典型代表，突出表现了血缘亲情不可撼动、不能转移，更不可改变。赵孤依靠多位仁人义士的帮助侥幸得活，却以程婴之子的身份被养在屠岸贾身边，被其认作养子。从剧中我们得知，屠岸贾待赵孤甚厚，对其倾囊相授，教得他十八般武艺样样精通，屠岸贾甚至打算将来弑了灵公，夺了晋国，再将这些好处都传与他。对于这一点，程婴也是认同的，知道屠岸贾对赵孤非常喜爱，可见这二十年的时光中，并无子嗣的屠岸贾待赵孤如同亲生。但是赵孤知道自己的身世后，还是毅然决然地表示要向屠岸贾复仇，态度刚硬明确，完全没有犹豫思量，毫无回转余地，并对自己不知内情地与仇人生活了这么多年悔恨无比。第四折中赵孤的几段唱词旗帜鲜明地表明了他的立场，充满了对亲生父母的愧疚、对程婴和各位义士的感激，以及对屠岸贾的仇恨：

【普天乐】听的你说从初，才使我知缘故，空长了我这二十年的岁月，生了我这七尺的身躯。元来自刎的是父亲，自缢的咱老母。说到凄凉伤心处，便是那铁石人也放声啼哭。我拼着生擒那个老匹夫，只要他偿还俺一朝的臣宰，更和那合宅的家属。

【上小楼】若不是爹爹照觑，把你孩儿抬举，可不的二十年前早撄锋刃，久丧沟渠。恨只恨屠岸贾那匹夫寻根拔树，险送的俺一家儿灭门绝户。

【幺篇】他他他把俺一姓戮，我我我也还他九族屠。……哪怕他牵着神獒，拥着家兵，使着权术，你只看这一个那一个，都是为谁而卒？岂可我做儿的倒安然如故？

【耍孩儿】到明朝若与仇人遇，我迎头儿把他挡住。也不须别用军和卒，只将咱猿臂轻舒，早提番玉勒雕鞍辔，扯下金花皂盖车，死狗似拖将去。我只问他人心安在，天理何如？

【二煞】谁着你使英雄忒使过，做冤仇能做毒，少不的一还一报无虚误。你当初屈勘公孙老，今日犹存赵氏孤。再休想咱容恕，我将他轻轻掷下，慢慢开除。

【一煞】摘了他斗来大印一颗，剥了他花来簇几套服，把麻绳背绑在将军柱。把铁钳拔出他斓斑舌，把锥子生挑他贼眼珠，把尖刀细剐他浑身肉，把钢锤敲残他骨髓，把铜铡切掉他头颅。

【煞尾】尚兀自勃腾腾怒怎消？黑沉沉怨未复。也只为二十年的逆子妄认他人父，到今日三百口的冤魂方才家自有主。

……

二十年的时间并不算短，何况赵氏一族被害之时赵孤还只是个婴儿，对父母亲友完全没有任何概念，真正陪伴、照顾他的是他的“父亲”程婴；再有便是“义父”屠岸贾，可以说是朝夕相对，日夜相伴。不过在赵孤看来，虽然屠岸贾对他有二十年的养育之恩，但是这并不足以也不可能抚平让他“一家儿灭门绝户”的恨；相反，还增加了这二十年认贼作父的仇恨。因此，他对于向屠岸贾复仇是没有一点犹疑的。

也正是因为有这些现象的存在，养父母们往往刻意隐瞒实情，就是害怕一旦被养子知道真实身份，自己也就失去了这个孩子。《五侯宴》中李嗣源引述“鸡鸭论”告诫世人：“劝君莫养他人子，长大成人意不留。养育恩临全不报，这的是养别人儿女下场头。”这一方面说明了养父养母的难处，希望为人养子者不要一朝得以认亲，就将养父母抛弃；但另一方面也印证了血亲关系的强大。李嗣源受这种理念的影响而不肯将实情告诉李从珂，怕他知道了，便要去认亲娘，而自己这十八年来的养育之情很有可能就烟消云散了。可对于李从珂来说，与亲生母亲骨肉分离十八年，如今得见生母，却不能相认，情何以堪？他对养父说的一段话表明了自己的痛苦心情：“可怜见您孩儿，怕不在这里一身荣华；我那亲娘在那里与人家担水运浆，吃打吃骂，千辛万苦，看着至死，不久身亡，你孩儿争忍在此不去认母也？我说罢也雨泪千行，恰便似刀搅我心肠。做娘的忍饥受饿，为子的富贵荣昌。可怜见看看至死，可来报答你这养育亲娘。”李从珂对养父母的抚养之情固然心存感激，但亲生父母的血亲纽带是个人身份得以存在的初始因由。其面对亲生母亲遭遇欺凌的痛楚和誓要为之报仇的坚定心意，恰恰说明了血亲大于养亲的观念认知，这也正是血亲关系的强大之处。

三、血亲复仇的正义性表现

受儒家孝亲思想的影响，为受到伤害的血缘亲族复仇表现出强烈的正义性，这种正义性不仅深受家族成员的肯定，也得到社会大众的普遍认同，甚至包括执法官吏和统治者的认同。在他们看来，血亲复仇所带有的孝义性质弥补了其对权力尊严和法律制度的侵害，是值得保护和嘉许的伦理行为。

（一）血亲复仇的正义性得到家族认同

血亲复仇的正义性首先为被伤害的父母所认同，他们认为子女为之报仇是天经地义的，即使要付出巨大代价也应在所不惜。《蝴蝶梦》中王家兄弟因为打死了葛彪，被告到官府，需要一人为葛彪抵命。王母对此表现得义无反顾："虽道是杀人公事，也落个孝顺名儿。""你为亲爷雪恨当如是，便相次赴阴司，我也甘心做郭巨埋儿。"可见在王母看来，为父报仇乃是"孝亲"的表现，即便丢了性命，最起码满足了伦理上的要求——"落个孝顺名儿"，在道德上是不亏欠的。《昊天塔》中杨令公死后魂显，托梦给儿子杨六郎，告之自己的悲惨遭遇后要求六郎为其复仇："您若是和番家忘了戴天仇，可不俺望乡台枉做下还家梦。""嘱咐您个杨家业种，须念着子父每情重，休使俺幽魂愁杀这座梵王宫。"《陈州粜米》中的张撇古在临死前也要求小撇古为其复仇。在他们看来，让儿子为自己复仇乃是天经地义、理所应当的，血缘关系的延续和承继使得儿子们负有为父亲报仇的义务和责任。

不只是父亲，若是母亲受到欺辱或伤害，子女为其复仇的心意也是一样的。《谢金吾》中，为拆清风楼之事，谢金吾与佘太君起了冲突，将佘太君推下阶基，使其跌破了头。杨六郎得知此事后，气愤无比，深感此恨痛入骨髓，不可不报，因此，明知私下从边关返家探母有可能中了奸臣的圈套，还是坚持要回家探望母亲。面对佘太君的询问，他坦承："您孩儿一见了书，就恨不得飞到家来看我母亲，怎么还有工夫去请圣旨？是瞒着众将，私自回来的。"看到母亲果然受了伤，杨六郎急火攻心，竟然昏了过去，醒来后悲愤交加："这父母之仇，几时得报？活活的气杀孩儿也。"他虽然听了母亲的劝告准备返回边关，但终究还是中了王枢密的诡计，未及离开便被抓住了。王枢密也正是看准了杨六郎的孝亲之念，知道母亲受伤他定会有这样的做法，才能阴谋得逞。这更可见出血亲观念在人们心目中的重要地位。

人们依靠血亲寻求自己的身份认同，不弄清血缘关系便在社会上没有家庭归属感，因此人们对血亲关系的重视要远远超过对其他关系。具有血缘关系的亲人即使从未得见，一旦相遇也会觉得亲切，而且亲人之间的血统身份在无形中就会表现出来。《合汗衫》中的陈豹接受张文秀老夫妻的行礼时，就感觉“兀那老的拜将下去，我背后恰便似有人推起我来一般，莫不这老的他福分倒大似我?”这是因为张文秀是他的祖父。《五侯宴》中王氏向李从珂行礼，李从珂也觉得诧异：“这个婆婆儿刚拜我一拜，恰似有人推起我来的一般。这婆婆儿的福气倒敢大似我么?”因王氏是李从珂的生母。《货郎旦》中的春郎在屋里感叹与父亲不得相逢，李彦和就在外面打喷嚏，不知谁在说他……这些情况固然是剧作家的巧妙安排，但也确实表现出了血亲关系纽带的牢不可破。

受传统社会男尊女卑思想的影响，古代女子的社会地位一向低于男性，因此在承担复仇大业一事上，也多以男子为主力。但当家中男子因种种原因不能担此重任时，女子也一样自认负有不可推卸的责任，也把复仇当作人生头等大事来看待。《冯玉兰》中，冯玉兰只是一个年仅十二岁的青春少女，但在遭遇父亲被害、母亲被霸占的家庭变故时也能挺身而出，为父母复仇。“好着我独自嚎啕，这杀人恨何日才消? 怎得个清耿耿的官员断撞着，劈头儿把冤情披告。告他将父亲杀死，兄弟亏图，娘亲来占了。”虽然自己只是一介弱质女流，无依无靠，但冯玉兰仍认为为父母报仇是责无旁贷的：“我见他怎恕饶，他见我难推调，怕不来一问一承招。只俺那山海般仇恨须当报。再不用荆条细拷，拼的亲手儿也还上一千刀!”可见，在为血缘亲族复仇一事上，女子和男子的态度并无两样。

（二）血亲复仇的正义性超越等级界限

“中国古代宗法伦理关系以父为核心，父权至上，家族之内以父的利益、身份为基础，父为子天，子无时无刻不体现对父的崇敬和热爱，无条件地服从父权，放弃自己的利益，甚至悖逆国法而牺牲自己的生命。”[1]对君主的忠和对朋友的义都是在“孝”的基础上生发出来的，因此“孝亲”成为历代统治者强调的伦理基础，为“孝亲”而复仇也会受到尊重和礼遇，即使是君主也可能会成为被复仇的对象，这更加体现出血亲至上的复仇原则。

《伍员吹箫》中伍子胥父兄无辜受戮，除使奸进谗的费无忌外，楚平王也成为伍子胥的复仇对象，并没有因为其楚国国君的身份而受到特殊待遇，可见在为血亲复仇这个问题上，是不存在君臣关系、身份约束的。据《孟子・离娄下》载，孟子曾对齐宣王说：“君之视臣如土芥，则臣视君如寇仇。”[2]《晏子春秋・内篇谏上》中晏子也曾对齐景公说过：“今君临民若寇仇，见善若避热，乱政而危贤，必逆于众，而诛虐于下，恐及于身。”[3]可见如果君主处于一个非正义的位置之上，臣子是可以向不义之君复仇的。剧中，伍子胥明确表示，“自古道父母之仇不共戴天，兄弟之仇不反兵”，报仇之事便是他的终生事业。为了复仇，他历尽艰辛，隐忍混迹于市井，吹箫度日，十八年后才终于等到报仇的机会。他不仅要抓住费无忌，“直着那厮摘胆剜心，做俺祭卓儿上的礼”，还要向楚平王寻仇，丝毫不因其国君的身份而有所忌惮。可当时楚平王已死，他为此感到不甘心，因此要“将他坟墓掘开，取出尸首，待我亲鞭三百，以报父兄之仇”。

1　唐红林、邹剑锋：《儒家“孝治”对“血亲复仇”的扬抑》，《宁波大学学报（人文科学版）》，2005年第6期。

2　杨伯峻：《孟子译注》，中华书局，2019年，第203页。

3　殷义祥：《晏子春秋译注》，吉林文史出版社，1996年，第41页。

另一部有相关内容的剧目《疏者下船》也充分肯定了伍子胥复仇的正义性。在剧中的楚昭王看来，伍子胥乃“忠义人，英雄汉”，是当世难寻的奇才，若不是受费无忌谗害，现在应该还在为楚国尽忠辅佐，如今却“怀着那几年的怨恨，倚着这盖世的才名，来寻问俺往日的根由”，因此对费无忌多有埋怨：“你每做的来不周，结下了父兄仇，抵多少不是冤家不聚头。今日在杀场上面争驰骤，费无忌你索担忧。他只待摘了你心肝标了你首，可兀的便肯干休。”可见他对于伍子胥为父兄复仇一事也是认同的，而他的这种观念其实也代表了普通大众对伍子胥复仇一事的普遍看法。

总之，血亲关系是古代宗法社会最重要和最基础的社会关系，也是封建国家的立国之本，维护血缘亲族的利益是人们必然会做出的选择，这不是单纯的个人行为，而是伦理道德层面对个人的必然要求。在历史久远的宗法社会里，血亲至上是纷繁复杂的复仇事件中最主要的一种复仇观念。

第二节　忠义任侠观念[1]

血亲观念广为人们所认同，为血亲复仇也具有不容置疑的合理性，人们尊重为血亲复仇者，甚至愿意牺牲自己来帮助和成全他们。因此在元杂剧中我们还看到很多忠义之士，不惜一切代价为故主复仇；同时还有诸多侠义之人，路见不平拔刀相助，向弱小的复仇者伸出援手，帮助他们实现复仇。这也从一个侧面证明了血亲复仇的正义性。

1　本节内容已刊于《渤海大学学报（哲学社会科学版）》2023年第4期，原题《元杂剧匡助复仇的忠义任侠观念》。

一、忠义之士相助复仇

在中国古代社会的道德体系中，对父母尽孝，对国君或主人尽忠，维持社会正义，不平则鸣，都是受到普遍认同的道德标准和伦理规范。“从父系家长制出发，移孝作忠，事君如事父，在家事父，竭其力尽孝，在外事君，致其身尽忠。”[1]除“孝亲”外，“忠义”行为一样受到人们的尊重。提倡正道曰“义”，尽己事主为“忠”，“忠义”之士的尽忠守义因并不受血缘伦理的约束而更加表现出道德层面的价值。“忠”的概念也具有多元性，有学者指出，“忠”在伦理道德层面具有不同的要义，体现为“公忠”和“私忠”，即“忠于国家、社稷、人民和忠于‘君’或‘主’”。[2]虽然都是竭其所能，为主尽忠，但两者相较，“公忠”显然比“私忠”具有更深刻的伦理意义和社会价值。

《豫让吞炭》堪称对“私忠”的最好诠释。豫让为故主复仇一事史有所载,《战国策·赵策》《史记·刺客列传》等都记有豫让复仇赵襄子一事，对豫让多所赞誉，称其为“天下之贤人”。元杂剧《豫让吞炭》更好地突出了豫让的忠义形象，使其凭借为智伯报仇一事成为人臣榜样。剧载春秋末期，晋国六卿分掌政事，其中，智伯权势最大，他妄图独霸晋国，先后灭了范氏和中行氏，还想要将韩、赵、魏三家全部吞并，故而与之发生冲突。豫让是智伯家臣，对其多番劝谏，无奈智伯一意孤行，终反为韩、赵、魏三家联手所灭，头颅更被赵襄子砍下并漆作饮器。豫让因此将赵襄子视作仇人，屡次三番向其寻仇，甚至不惜损毁自己，漆身吞炭，誓要为智伯复仇。

智伯的所作所为并不具备正义性，豫让对于这一点是很明白

1 阙真:《元剧探究》，广西师范大学出版社，1999年，第42页。

2 赵敏俐:《文学传统与中国文化》，东北师范大学出版社，1993年，第140页。

的："今上有周朝天子，不尊王命，无故索地，与咱是人情，不与是正理。今日无故称兵，大不祥也。"因此在智伯行事前对其多所劝谏，他批评智伯"平白地要把邻邦困"，劝他"己所不欲，勿施于人"。可惜智伯并没有采纳他的建议，反而斥责他回护赵襄子，称若再阻挠便将其斩首。

事实上，春秋时期的君臣观尚未受到儒家文化的影响，是具有很大自由性的，韩非子就并不认同豫让的做法：

> 若夫豫让为智伯臣也，上不能说人主使之明法术、度数之理，以避祸难之患，下不能领御其众，以安其国；及襄子之杀智伯也，豫让乃自黔劓，败其形容，以为智伯报襄子之仇，是虽有残刑杀身以为人主之名，而实无益于智伯若秋毫之末。[1]

可见在韩非子看来，豫让用这种方式报智伯之恩，"是虽有残刑杀身以为人主之名，而实无益于智伯若秋毫之末"，其实并没有太大意义。事实也确实如此，既然智伯所行不端，豫让也竭力劝谏，已经尽了为人臣子的本分，完全可以选择离开智伯去另投明主。豫让却本着"忠臣不怀情于君；孝子不畏死于父；存忠尽节，受斧钺而无怨"的理念，仍然坚持着对智伯的忠义。

豫让的"忠义"观是在与其他观点的碰撞中表现出来的。他为了复仇，漆身吞炭，行于市中，昔日同僚絺疵表示不解："咱主人身亡族灭，你欲报仇，谁其知之?"絺疵也曾是智伯之家臣，甚得宠信，但他并没有像豫让这般为主复仇。他痛惜豫让单靠一己之力，借自毁以复仇，奇怪他为何不选择其他方式："以子之才，

1 〔战国〕韩非子:《韩非子》，高华平、王齐洲、张三夕译注，中华书局，2010年，第141页。

臣事赵孟，必得近幸，子乃为所欲为，顾不易耶？今求以报仇，不亦难乎？”同样，赵襄子面对豫让的屡次复仇也提出质疑：“你曾事范氏、中行氏，智伯灭了他二家，你不报仇，今日如何却为智伯报仇？”如前所述，春秋时期的忠义观念尚不是特别强烈，若所选之主不仁或亡故，家臣完全可以另谋高就，这是很正常的行为。后世所谓“忠臣不事二主”之说法在春秋时期并不存在，豫让完全不必为此事做出这么大的牺牲。可面对絺疵和赵襄子的疑问，豫让给出了自己的回答：“我图甚的？则索为主忘身，便是俺为臣尽忠。”“范氏、中行氏以常人待我，我故以常人待之；智伯以国士待我，我故以国士报之。”可见在豫让看来，“我”其实是个非常重要的概念，他之所以不惜一切代价要为智伯复仇，最根本的原因在于智伯满足了他对自己的认知，即“国士”，体现出“士为知己者死”的观念，这一观念是春秋时期“士不遇”文化对士报知遇之恩的强化。而作为“恩主”本身的智伯，他的好与坏、仁或不仁都不重要，也即豫让为智伯复仇只是要报其知遇之恩，完全是个人的道德选择。

平心而论，这种忠义的范围相对狭窄，社会意义也颇值得商榷。就豫让复仇一事来看，智伯不义，灭亡是必然之事，也是他该有的结局。对于这一点絺疵看得很明白，他劝豫让说：“岂不闻顺天者昌，逆天者亡？赵氏既昌，合当顺人应天，不宜苦苦直要报仇。”无奈豫让坚持己见：“你道顺德者吉，逆天者凶。我怎肯二意三心，背义忘恩，有始无终？”可见他并不在意智伯的仁义与否。而他之所以执意为智伯复仇，只是因为智伯是其故主，且曾知遇于他。智伯在时自己竭力进谏，智伯死后还要全心复仇，这便是豫让的忠义复仇观。这种“私忠”往往具有无条件服从的愚忠特点，因此成为历代统治者吹捧和鼓励的品行，豫让也成为“忠义之士”的代表人物。《元曲选》本中该剧的题名即为“忠义士豫让吞炭”，可见也在极力强调他的忠义形象。甚至剧中他的仇人赵襄子都对他礼敬有加，称其为“义士”，不仅不怪他要杀害自己，甚至还邀请他加入自己的阵营；尽管遭到了他的拒绝，但在豫让死后还是将其“以礼埋葬”，“追封官爵，旌表忠义，劝化风俗”。可见作品在刻意地宣扬豫让的忠义精神和为主复仇的坚定意志，表现出明显的教化意味。

《赵氏孤儿》中的程婴、韩厥和公孙杵臼为保存赵家血脉而与屠岸贾进行斗争，或舍弃亲子，或毅然赴死，呕心沥血二十年，最终使得赵孤可以手刃仇人屠岸贾，为赵氏一族报仇，使赵家沉冤得雪，则显示出大公无私的忠义观念。与豫让狭隘的“忠义”观相比，这显然是属于“公忠”的范畴，具有更加高尚的精神境界。

《赵氏孤儿》堪称元杂剧中最具尽忠守义内涵的代表作，其中以程婴为代表的忠义之士与代表邪恶的奸臣屠岸贾对立，想方设法保全孤儿，其行为本身就具有正义性，而且在这场忠奸斗争中表现得无私无畏、大义凛然。我们可以分别分析一下这几个人物的具体情况：

程婴，他不过是个草泽医生，虽然“向在驸马府门下”，但算不得赵家的家臣，“在家属上无他的名字”。可当公主托孤给他并以死明志时，他虽也颇觉无奈，却还是义无反顾地接受了这个艰难的任务。

韩厥，本是屠岸贾的家臣，可他对于屠岸贾诛灭赵氏满门，甚至还要将刚出生的婴儿斩草除根的做法并不认同，“怎有这屠岸贾贼臣，他则把忠孝的公卿损”。他对赵家的遭遇充满同情，对屠岸贾手握重权掌握国运忧心忡忡，也愿意帮助赵家向其复仇。仔细研读剧本可以看出，韩厥对程婴的帮助其实更多是出于对晋国发展的考虑，第一折中韩厥的一段唱词表达了他的心声：

【仙吕】【点绛唇】列国纷纷，莫强于晋。才安稳，怎有这屠岸贾贼臣，他则把忠孝的公卿损。

【混江龙】不甫能风调雨顺，太平年宠用着这般人。忠孝的在市曹中斩首，奸佞的在帅府内安身。现如今全作威来全作福，还说甚半由君也半由臣。他他他，把爪和牙布满在朝门，但违拗的早一个个诛夷尽。多咱是人间恶煞，可甚么阃外将军！

可见在他看来，只有除掉屠岸贾这个国之奸贼，才能使晋国国运昌隆。以现在屠岸贾的权势，想要将他除掉绝非易事；但是因为血亲复仇的正义性，他相信赵孤长大后必然能够报得深仇，因此愿意为之做出牺牲。

公孙杵臼本与屠岸贾、赵盾等同朝为官，因看不惯屠岸贾权势日大、一手遮天，才决定卸甲归田、颐养天年。他对于目前朝廷的状态也充满愤慨和无奈：

【南吕】【一枝花】兀的不屈沉杀大丈夫，损坏了真梁栋。被那些腌臜屠狗辈，欺负俺慷慨钓鳌翁。正遇着不道的灵公，偏贼子加恩宠，着贤人受困穷。若不是急流中将脚步抽回，险些儿闹市里把头皮断送。

【梁州第七】他他他，在元帅府扬威也那耀勇；我我我，在太平庄罢职归农，再休想鹓班豹尾相随从。他如今高官一品，位极三公，户封八县，禄享千钟。见不平处有眼如矇，听咒骂处有耳如聋。他他他，只将那会谄谀的着列鼎重裀，害忠良的便加官请俸，耗国家的都叙爵论功。他他他，只贪着目前受用，全不省爬的高来可也跌的来肿，怎如俺守田园，学耕种，早跳出伤人饿虎从，倒大来从容。

因此，面对程婴甘冒大险救出孤儿，甚至愿意舍弃亲子以保全赵氏血脉的义举，他非常感动，并决定以自身性命来配合程婴，共同保全赵孤，再让他将来为父母亲族报得血海深仇。

《抱妆盒》中的陈琳和寇承御也在救太子一事上表现出自己的忠义观。寇承御本是刘皇后的宫女，受刘皇后指使要将太子害死。从为主尽忠的角度来看，寇承御理应按刘皇后的意思将太子丢入河中，但寇承御认为此事不妥，因此与陈琳商议要将太子救下。陈琳虽是个宦官，“倒比那众文武有报国的忠心”，两人明知危险却还是甘愿赴险，只为“这的是潜龙世界，关系着皇朝后代，只愿的保护了江山万万载”。可见在他们看来，要保“日后江山有托”，就必须救出太子，而这正是尽忠的表现，是为对宋朝江山的“公忠”而舍弃了对刘皇后的“私忠”。面对陈琳“我如今怕不救太子出宫去，有一日事犯出来呵，承御，你可休指攀我”的担心，寇承御慨然表示“忠臣不怕死，怕死不忠臣”，为了宋室江山的千秋万代，即使牺牲了性命也是值得的。后来此事果然被刘皇后怀疑，在刘皇后的拷问下，寇承御为保护陈琳和太子，毅然赴死，践行了自己为国尽忠的誓言。

我们看到剧中这些人在死亡面前都没有太多犹疑，然而这一点其实是不太符合人之本性的。席勒曾指出，牺牲生命总是违反常理的，因为生命是一切财富的条件；由于道德层面的意图而牺牲性命，却是高度顺情合理的举动，因为生命并非为了自己才显得重要。它之所以重要，不是作为目的，而是作为达到道德目的的手段。[1]寇承御为保护太子而自杀身亡，韩厥为了赵孤而从容赴

1 熊元义、蔡琨：《当代文艺思潮的走向》，中国文联出版社，2007年，第373页。

死，公孙杵臼在遭到惨痛的折磨后也触阶而死，程婴则选择了一条更加艰苦的道路，不仅舍弃了自己的儿子，而且花费了二十年的时间含辛茹苦抚养赵孤长大成人，最后实现帮助赵孤向屠岸贾复仇的目的。可见对他们来说，自己的存亡与否并不重要，他们所做的事情只是为国为主尽忠的一种表现。这既是一种道义上的责任，也是一场考验人心的伦理抉择。他们宁愿舍弃生命也要维护人间正义，这种舍生取义的精神是对“公忠”的最佳诠释。

二、侠义之士仗义援手

在元杂剧中，我们还看到许多在他人遭遇困厄或受到伤害时鼎力相助的侠客和义士，他们或者与被害者是朋友关系，或者与被害人并不相识，但仍然愿意尽一己之力去帮助被害人实施复仇，这正是出于侠义的情感观照而做出的举动。

英雄豪侠的故事在我国文学史上出现较早。远古时期的神话传说中已经有刑天等复仇英雄的形象。《史记》中有专门的《游侠列传》，司马迁称颂那些豪侠英雄，认为他们具有受到人们普遍认同和尊敬的人格魅力。唐代的传奇和宋代的话本中也活跃着多个豪侠形象，如红线女、昆仑奴等，这些人有勇有谋、武功精湛，善于并乐于为人排忧解难。在元杂剧中，也多处体现出侠义精神。侠义复仇成为一个文学主题，王立先生认为其表现出神化、匪化、御用化、江湖伦理化等衍化倾向，丰富了“侠”的多重性格层面。[1]

元杂剧中的侠义复仇，大体表现为以下三种：一是为恩主复仇，表现出“有恩必报”的侠义观念，如《豫让吞炭》中豫让为智伯复仇；二是为朋友复仇，甚至是为素不相识的人复仇，体现出“路见不平，拔刀相助”的侠义观，如《黄花峪》中杨雄和鲁

1　王立:《中国古代复仇文学主题》，东北师范大学出版社，1998年，第149—156页。

智深相助刘庆甫复仇；三是并未直接参与复仇，但出于侠义心肠，宁可舍弃自己以成全他人的复仇大业，这也是“舍生取义”观念的表现，如《伍员吹箫》中的浣纱女和渔父。这些不同种类的复仇情形往往交织在一起，很难太过精准地划分，但是角色通常都有扶助弱小、维护正义的行为。这也充分说明人们对“侠”这一概念的理解主要在于伸张正义和削除不平，这些“侠士”从另一个层面取代了官府和法制，具有了主持公正的身份和意义。

元杂剧中的侠义之士为数不少，在《伍员吹箫》中，就出现了多位堪称侠义的人物，他们的身份地位各不相同，但出于正义，都愿意帮助伍子胥实现复仇，甚至牺牲自己的性命也在所不惜，让人敬仰。如身为楚国太子的公子建，千里跋涉，星夜兼程，赶赴樊城向伍子胥讲明情由、告知真相，这才使伍子胥知道了自家的血海深仇，而公子建自己却死于乱军之中；再如受命追杀伍子胥的养由基，故意折断箭头，放伍子胥逃走，不顾自己不能复命而要面临的困境；浣纱女和渔父为使伍子胥相信自己不会食言泄密，一个投石沉江，一个拔剑自刎；专诸也为了帮助伍子胥，违背了对母亲的誓言，甚至逼得妻子自尽。这些人与伍子胥并无血缘关系，都只是因为同情伍子胥的遭遇，支持他的复仇事业而甘愿自我牺牲，其行为正是已诺必诚、不爱其躯的侠义精神的表现。

更多行侠仗义的复仇行为出现在水浒英雄题材的元杂剧中，这些梁山英雄往往除暴抗恶、济困扶危，表现出侠义之士的英雄本色。如《还牢末》中的李逵，曾得到李荣祖的恩惠，誓要报恩，因此在李荣祖被陷害入狱时义不容辞前去搭救，并抓住萧娥和赵令史为其复仇；《争报恩》中的关胜、徐宁和花荣，都曾得到李千娇的搭救，因此在李千娇蒙冤赴死之时义劫法场，救出李千娇，并抓住王腊梅和丁都管为李千娇复仇；《燕青博鱼》中的燕青因博鱼与燕大相识，后燕大为王腊梅和杨衙内所害，燕青解救燕大并捉住奸夫淫妇为之报仇；《双献功》中的情况与前几部剧略有不同，剧中李逵与孙荣本不相识，只是因宋江之命下山给孙荣当护臂，不想孙荣为郭念儿和白衙内所害，李逵冲入牢中救出孙荣，又杀了郭念儿和白衙内为其复仇。这些元杂剧都体现出水浒英雄行侠仗义的复仇观，梁山泊成了区别于官府的主持公理正义的地方，“俺梁山泊远近驰名，要替天行道公平”。面对官府的腐败无能和昏聩黑暗，梁山英雄成了老百姓心目中正义的化身，无法在正常途径下实现的复仇可以通过他们的帮助来实现，正是如此，“方显的义气仁风播四海”。

上述元杂剧中侠义复仇的水浒英雄，多少还与被助者有某种关联。在《黄花峪》中，“路见不平拔刀相助”的侠义观则表现得更加明显。剧述刘庆甫与妻子去泰安神州烧香还愿，于客店中与蔡衙内偶遇，蔡衙内因看上刘庆甫之妻，与刘庆甫发生冲突，将其吊起毒打，恰逢梁山诸雄下山赏红叶黄花，得遇杨雄，杨雄问明情由，指责蔡衙内：“你这厮无道理荒淫相，你怎生迤逗人家女红妆。他别人行路夫妻在旅店上，你是个大胆的行凶党。”将其打跑，救下刘庆甫，并嘱其若再遇恶人可上梁山找宋江告状。后刘庆甫果然又与蔡衙内相遇，蔡衙内将刘妻抢走，刘庆甫上梁山告状。宋江先派李逵下山助其复仇，又派鲁智深前去接应，终于将蔡衙内擒住，为刘庆甫夫妻报了仇。在这部剧中，水浒英雄的行为是完全意义上的行侠仗义，杨雄是如此，李逵和鲁智深也是如此。在捉拿蔡衙内的过程中，他们多次表示了对他的鄙夷和厌恶，“打这厮好模样歹做处，你是个强夺人家女娇娥”“这一个无徒禽兽”“打你个软的欺硬的怕镴枪头，你是个无道理无仁义酒魔头。打你个强夺人家良人妇，你是个吃剑头”，清楚地表明他们是出于义愤才为刘庆甫报仇，说的话完全是站在公理的角度，也充分体现出他们锄强扶弱的侠义之风。剧末宋江为一行人下断语：“则为你蔡衙内倚势挟权，李幼奴守志心坚。强夺了良人妇女，坏风俗不怕青天。虽落草替天行道，明罪犯斩首街前。黑旋风拔刀相助，刘庆甫夫妇团圆。”再次强调了梁山泊主持正义的立场和替天行道的侠义主张，展现出豪侠英雄打抱不平的磊落情怀。

总之，这些尽忠守义之士和行侠仗义之人都在助人复仇的过程中义无反顾，表现出高尚的人格情操，受到人们的尊敬和仰慕。那些被害的无辜百姓，通常在遇难之时都会感叹：“天也，着谁人救我也!”表达出渴望有人仗义出手救己之难的思想，也说明这一行为受到人们的广泛认同。但无论是“尽忠”还是“行侠”，其实所围绕的一个核心都是“义”，尽忠是义行，行侠也是义行，只有符合“义”的内涵，才能使得尽忠或任侠的复仇行为师出有名。

第三节　清官主事观念[1]

与世界上其他国家相比，我国承袭一种独特的政治文化传统，即“士大夫政治”。在以等级制为政治文化核心的封建社会，普通百姓“权利”的获取极为艰难。这一点在复仇事件中往往有更加明显的表现。受伤害者通常都是社会中的弱者，他们无法完全依靠自己的力量实现复仇，在“官本位”思想的影响下，只能将命运和希望寄托在清明公正的官员身上，因此对清官产生了崇拜心理，形成了清官主事的复仇观念。

一、“清官”的语义内涵衍变

在我国的历史典籍中，很早就有忠奸之分和贪廉之辨。《左传·襄公十五年》中载有子罕以不贪为宝，汉文帝也曾在诏文中

1　本节内容已刊于《作家》2015年第18期，原题《论元杂剧的清官主事观念》。

说“廉吏，民之表也”[1]，说明至迟在西汉就已经出现了“廉吏”一词。司马迁在《史记》中有专门的《循吏列传》和《酷吏列传》，“循吏”“酷吏”虽与后来“清官”“贪官”的含义并不完全相同，但已表现出对以“循吏”为代表的奉公守法、清正廉洁的官员的赞赏，褒扬之情表现明显。值得关注的是司马迁对于“酷吏”的观点，他在《循吏列传》中说：“法令，所以导民也；刑罚，所以禁奸也。文武不备，良民惧然身修者，官未曾乱也。奉职循理，亦可以为治，何必威严哉？”[2]他认为，虽然“酷吏”奉行严刑峻法，杀戮残酷，确实造成了许多百姓意想不到的灾难，使得冤狱横生、社会不宁，甚至出现了盗贼多有的社会局面，但他们身上同时也具有一些优秀的品质，如执法严格不避贵戚，不接受礼赠贿赂等，甚至认为其中的廉洁奉公之人足以成为他人的表率，说明“酷吏”当中也有清廉之人，亦值得赞颂。

“清官”一词的准确出处，已难以精确考证。就目前所见的资料来看，《三国志·虞翻传》注引《会稽典录》说，虞耸“在吴历清官，入晋，除河间相，王素闻耸名，厚敬礼之”[3]；《晋书·何嵩传》载“嵩字泰基，宽弘爱士，博观坟籍，尤善《史》《汉》。少历清官，领著作郎”[4]。可见至晚在三国时便已出现“清官”一词，但此时的“清官”乃与“浊官”相对，主要指身份高贵、政事清闲的清贵、清要之官，在含义上与现在我们所说的“清官”尚不相同。

除了“清官”，古代还有“清吏”之说。《三国志·夏侯玄传》注引《魏氏春秋》：“（魏明）帝前取事视之，乃释遣出。望其

1 〔东汉〕班固：《汉书》卷四《文帝纪》，中华书局，1962年，第76页。

2 〔西汉〕司马迁：《史记》卷一百一十九《循吏列传》，中华书局，1975年，第2187页。

3 〔西晋〕陈寿：《三国志》卷五十七，中华书局，1982年，第592页。

4 〔唐〕房玄龄等：《晋书》卷三十三，中华书局，1982年，第651页。

衣败，曰：‘清吏也。’赐之。”[1]《南齐书·刘怀慰传》载：“明帝即位，谓仆射徐孝嗣曰：‘刘怀慰若在，朝廷不忧无清吏也。’”[2]《梁书·武帝纪》亦载：“（梁武帝）诏在位群臣，各举所知，凡是清吏，咸使荐闻。”[3]可见“清吏”即为清廉之吏的代称，受到朝廷的认同。

晚唐诗人李商隐在《行次西郊作一百韵》中有“官清若冰玉，吏善如六亲”之句[4]，似已与现代的“清官”含义相近。宋代苏轼的《新城道中》诗中也有“乱山深处长官清”之句[5]，其中的“清”字也可理解为清寒、清廉之意，但若作清闲之解亦无不可，说明这一时期的“清官”或“官清”的概念尚未完全定型。真正指代清正廉洁之士的“清官”之称，大约是到了金元之际才得以确定的。元好问在《薛明府去思口号》一诗中说：“能吏寻常见，公廉第一难，只从明府到，人信有清官。”[6]此时的“清官”含义已与我们现在对“清官”的理解基本相同。而元杂剧中出现的大量清官形象和普通百姓所持的“清官主事”的观念，对于“清官”一词内涵的明确起到了巨大的作用。可以说，“清官”的形象和含义得以确定并被人们普遍接受，有赖于元杂剧的繁荣。

二、清官对自身责任的明确认知

元杂剧中的清官形象，除广为人知的包拯之外，还有张鼎、

1 〔西晋〕陈寿：《三国志》卷九，中华书局，1982年，第291页。

2 〔南朝梁〕萧子显：《南齐书》卷五十三，中华书局，1983年，第135页。

3 〔南朝梁〕姚思廉：《梁书》卷三《本纪第三》，管曙光等校点，岳麓书社，1998年，第42页。

4 〔唐〕李商隐：《李商隐诗集》，〔清〕朱鹤龄笺注、田松青点校，上海古籍出版社，2015年，第329页。

5 〔北宋〕苏轼：《苏轼选集》，王水照选注，上海古籍出版社，2014年，第59页。

6 〔金〕元好问：《遗山先生文集》，商务印书馆，1929年，第277页。转引自葛荃等《政道通源：传统政治文化与中国特色社会主义政治发展道路》，天津人民出版社，2020年，第217页。

王脩然、李圭、钱可等。在这些清官身上我们看到了相对一致的性格品质，如清正廉洁、不畏权势、恤孤怜贫、聪明睿智等，体现出其公正刚直、为民申冤的坚定意志，也体现出人们对清明政治的美好渴望。这些清官往往对自己的身份和责任有着明确的认知，虽然清楚地知道自己的做法并不讨好，会得罪很多富豪权贵，但因为职责所在，仍然坚持清廉公正的为官原则，不肯向恶势力妥协。

在元杂剧塑造的诸多清官形象中，最为人熟悉和称道的当数北宋名臣包拯。包拯对于自己的身份地位和肩负的责任的认识，是非常清楚的，在《生金阁》中包拯一出场便唱出了自己的心声："我也不辞年纪老，岂惮路途遥？想着宰相官僚，请受了这千钟禄难虚耗，怎不的秉忠心佐圣朝。"既然身受皇恩，拿着朝廷的俸禄，就应该忠心耿耿地为朝廷出力。他也知道人人都害怕自己，"钦承圣敕坐南衙，掌刑名纠察奸诈。衣轻裘乘骏马，列祗候摆头踏。凭着我懒劣村沙，谁敢道侥幸奸滑？莫说百姓人家，便是官宦贤达，绰见了包龙图影儿也怕。"（《后庭花》）"权豪势要之家，闻老夫之名，尽皆敛手；凶暴奸邪之辈，见老夫之影，无不寒心。"（《灰阑记》）为什么不论是百姓人家还是官宦贤达都怕他包龙图？为什么权豪势要之家和凶暴奸邪之辈闻名见影便都敛手寒心？那是因为他既是朝廷命官，手中握有权力，又为官清正、不畏权贵，能够秉公执法、一视同仁。可见他是一个在精神层面上颇有追求的贤德之人，他"立心清正，持操坚刚；每皇皇于国家，耻营营于财利；唯与忠孝之人交接，不共谗佞之士往还"（《灰阑记》）。在他看来，他也正是因为有这样的道德境界，才受到皇帝的器重，被委以重任，"官拜龙图待制天章阁学士，正授南衙开封府府尹之职。敕赐势剑金牌，体察滥官污吏，与百姓申冤理枉，容老夫先斩后奏"（《灰阑记》），因此更要奉公守法，为皇帝排忧解难。

包拯因为奉行这样的为官原则而受到老百姓的爱戴和尊重，也因此受到朝中权贵的惧怕和厌恶。虽然同僚们当面都是夸赞之词，如“待制为官，尽忠报国，激浊扬清。如今朝里朝外权豪势要之家，闻待制大名，谁不惊惧。诚哉，所谓古之直臣也”“如今朝中似待制这等清正的，能有几人?”（《陈州粜米》）可实际上包拯知音寥寥，明里暗里多受委屈。对于这种处境，包拯自己心中也颇为不平，也难免抱怨：“我和那权豪每结下些山海也似冤仇：曾把个鲁斋郎斩市曹，曾把个葛监军下狱囚，剩吃了些众人每毒咒。”（《陈州粜米》）自己一腔忠诚为民做主，到头来反而得罪了许多有权有势之人，给自己树下仇敌，每日里还要受他们的咒骂，这让人情何以堪?更何况古往今来的忠耿之臣几乎都没有好的下场，“有一个楚屈原在江上死，有一个关龙逢刀下休，有一个纣比干曾将心剖，有一个未央宫屈折了韩侯。那张良呵若不是疾归去，那范蠡呵若不是暗奔走，这两个都落不的完全尸首”，因此他决定：“我是个漏网鱼，怎再敢吞钩?不如及早归山去，我则怕为官不到头，枉了也干求。”“到今日一笔都勾。从今后不干己事休开口，我则索会尽人间只点头，倒大来优游。”（《陈州粜米》）听起来，他似乎已经看透了朝廷的黑暗和腐败，认清了官场的虚伪和为官者的卑劣，已经能够放下一切，明哲保身地安度晚年。可是，当小撇古向他告状，控诉刘衙内儿子女婿的所作所为时，他立刻把刚刚发过的牢骚全忘了，态度坚决地表明自己与为非作歹的恶势力势不两立：“老夫有件事向君王陈奏，只说那权豪每是俺敌头。他便似打家的强贼。俺便似看家的恶狗。他待要些钱和物，怎当的这狗儿紧追逐。只愿俺今日死，明日亡，惯的他千自在，百自由。”“我从来不劣方头，恰便似火上浇油，我偏和那有势力的官人每卯酉，谢大人向朝中保奏。”可见抱怨归抱怨，他从来没有忘记自己身为朝廷命官的职责。正因为他“一点心怀社稷愁”，所以才不在乎贪官污吏对他的憎恶，仍然决定要为朝廷尽忠职守，为百姓主持公道。

除了包拯，其他很多清官也对朝中腐朽的诸多恶行和自身的责任有着深刻的认识。如《救孝子》中的王翛然就明确指出“王法条条诛滥官，为官清正万民安”，清楚知道身为清官的职责和义务。他同情理解百姓的冤苦，愿意站在他们的立场上体察和考量，在他看来，“律意虽远，人情可推”。他对于官府衙门的种种丑恶行为有着深刻的了解：“俺这衙门如锅灶一般，囚人如锅内之水，祗候人比着柴薪，令史比着锅盖。怎当他柴薪爨炙，锅中水被这盖定，滚滚沸沸，不能出气，蒸成珠儿，在那锅盖上滴下，就与那囚人衔着冤枉滴泪一般。”（《救孝子》）这段话句句含情，不忍百姓含冤受屈，充分体现了他作为百姓父母官的人格风范。

《勘头巾》和《魔合罗》里的张鼎也是一个勤勉清廉的清官，他自称“我从来甘剥剥与民无私”。对于这一点，他的上司府尹也予以认同，说他“刀笔上虽则是个狠偻罗，却与百姓每水米无交”（《勘头巾》）。他看重自己身上的责任，看重百姓的性命，认为“人命事关天关地，非同小可”（《魔合罗》），“受苞苴是穷民血，便那清俸禄也是瘦民脂，咱则合分解民冤枉，怎下的将平人去刀下死！”（《勘头巾》）正因有这样的道德信念，他坚持公平断案，不能糊涂了事，才为王小二和刘玉娘洗脱了嫌疑，并抓到了真凶。

《十探子》中的廉使李圭更是清官中的典范，他认为“咱人要一生谄佞，枉负了七尺身躯”。他始终坚守自己的为官原则：“有那等为官为吏的，陷害良民；小官职居清廉，理当正直，除奸革弊也呵！”“则为那吏弊官浊民受苦，差小官亲体伏。有一等权豪势要狠无徒，他则待要倚强凌弱胡为做，全不怕一朝人怨天公怒。若有那衔冤的来告诉，小官可也无面目。施行那徒流笞杖，我可便依着条律，不恁的何以得民服？”“方信道秉正公直是大丈夫。……我则待赤心报国将社稷扶，我则待要将良善举，我则待把奸恶除，我一心儿敢与民做主!”他正因知道自己身负为国效力的使命，故而一身正气，敢于以一个小小廉吏的身份公然与权势显赫的葛监军对抗，最终大获全胜，大快人心。

三、蒙冤百姓对清官的热切期望

除清官自身对于为官者应该具备的责任和使命有明确认知外，普通百姓一旦受到恶势力的打击和伤害，由于地位和能力都与施恶者相差悬殊，首先想到能为自己主持正义的就是“清官”，这种情况在元杂剧中屡见不鲜。

如《鲁斋郎》中，鲁斋郎抢了李四的妻子，李四别无他念，心里便想着“不问那个大衙门里，告他走一遭去!”鲁斋郎又看上了张珪的妻子，要张珪自己将妻子送上门去，张妻弄清情况后羞愤难耐，不禁怒斥张珪:“孔目，你这般下的也!”她不想就这样顺从鲁斋郎，因此鼓励张珪:“你何不拣个大衙门告他去?”

再如《十探子》中，因葛彪杀了刘荣祖的老妻和儿媳，刘荣祖悲愤之下要往京城找儿子“去那大大的衙门里告他去”。等到儿子也被庞衙内关押起来，他再也无计可施，只得在长街上哀号:“好冤屈也！着谁人与我作主也?”待得与廉使李圭相遇，受其帮助前往宰相吕夷简处告状，他知道终于有清官可以为自己做主了:“今日老汉见你个清耿耿忒正直无私曲宰相官人，与俺这离着乡、背着井、忍着寒、受着冷、苦恹恹、穷滴滴、无挨倚的百姓做主。”可见对于老百姓来说，清官就意味着正义和公理，只有遇到清官，才能保证自己不受冤屈，才能为自己讨还一个公道。

在《陈州粜米》中，张撇古因看不惯小衙内和杨金吾两人勾结仓官假借赈灾之名中饱私囊，与之发生冲突，结果被小衙内用紫金锤打死。饶是如此，小衙内和杨金吾还不以为意，肆意叫嚣:

“把你那性命则当根草，打甚么不紧！是我打你来，随你那里告我去！”种种行为，令人发指。张撇古虽只是一介平民百姓，可也知道国有国法，临终前嘱咐儿子小撇古：“则今日便登程，直到王京……拣一个清耿耿明朗朗官人每告整，和那害民的贼徒折证。”并明确告诉儿子：“若要与我陈州百姓除了这害呵，则除是包龙图那个铁面没人情。”可见他非常明白，朝中官员多互相勾结，官官相护，何况这小衙内和杨金吾是朝中权臣刘衙内的儿子和女婿，又是范学士保奏过的，普通的官员根本不敢也没有能力受理此案，因此只有他心目中“清耿耿明朗朗”的清官包拯才能担得此任，才能为其报仇雪冤。而小撇古见到包拯时所说的一番话，也代表了老百姓的意愿，说出了他们的心声：“我投至的见了爷爷，就是拨云见日，昏镜重磨，须与孩儿每做主咱。”见到了包待制，就是见到了希望和光明，就说明所有的苦难都即将过去，这可说是清官主事观念的生动说明。

《冯玉兰》中的冯玉兰虽只是个十二岁的少女，但在家遭大难时也表现出对清官主事复仇观念的认同。冯太守一家在赴任途中遇上巡江官屠世隆，因看上了冯太守的妻子，屠世隆不惜将冯太守一家尽数杀死，幸得冯玉兰假抛书匣跳入河中，让屠世隆以为她也跳河而死，方才保住性命。她虽逃离噩运，但一直铭记一家人命丧恶人之手，决意要为家人复仇，恰巧遇到金御史，她立刻表示“不想撞见你个似青天、如白日、去奸细、理冤枉的大人，须索与俺做主也！”请求对方“你与我那屈死的亲爷将冤恨削。不承望这搭儿里偏凑巧，这一个天理昭昭，谁想道有今朝！”因为在她看来，只有依靠清官才能为她的家人报仇雪恨，除此之外，别无他法。

《灰阑记》中的张海棠、《窦娥冤》中的窦娥、《魔合罗》中的刘玉娘等，都是受人陷害、蒙冤受屈的弱女子，可是她们都不肯与仇人私和，宁愿见官。《灰阑记》中的大妻与奸夫合谋，用毒药害死了马员外，却将罪名推到张海棠身上，她威胁海棠：“你要私休，将一应家财房廊屋舍带孩儿都与了我，只把这个光身子走出门去；你要官休呵，你药死亲夫，好小的罪名儿！我和你见官去。”海棠却并不退缩：“我原不曾药死亲夫，怕做甚么！情愿和你见官。”“便打杀我也说不得。我情愿和你见官去。”《窦娥冤》中，张驴儿本为害死蔡婆婆而去赛卢医处讨毒药，没料想却药死了自己的父亲，他借由此事要挟窦娥，问她要官休还是私休：“你要官休呵，拖你到官司，把你三推六问！你这等瘦弱身子，当不过拷打，怕你不招认药死我老子的罪犯！你要私休呵，你早些与我做了老婆，倒也便宜了你。”窦娥充满鄙夷地将张驴儿的提议一口回绝：“我又不曾药死你老子，情愿和你见官去来。”《魔合罗》中的李文道一直对自己的嫂子刘玉娘心怀不轨，为了达到霸占家业和嫂子的目的，用毒药害死了哥哥李德昌，又反将害死哥哥的罪名推到嫂子身上。他也让刘玉娘在官休与私休中选择：“官休，我告到官司，教你与我哥哥偿命；私休，你与我做老婆便了。”刘玉娘对他的无耻要求愤怒回应：“你是甚么言语？我宁死也不与你做老婆。”“我情愿见官去！”为什么明知道自己与恶人相比势单力薄，却仍然愿意和他们去见官？便是因为在她们看来，官府是能为她们做主的，是主持公义的地方。

可是现实给她们上了生动的一课。《灰阑记》中大妻的奸夫赵令史便是官府审案之人，大妻又将邻里街坊甚至接生婆都用钱买通，逼得张海棠承认是自己毒杀了亲夫，孩子也不是亲生的。到这时海棠才明白：“则您那官吏每忒狠毒，将我这百姓忒凌虐，葫芦提点纸将我罪名招。”《魔合罗》中的李文道向萧令史行贿，将刘玉娘屈打成招，玉娘只能悲愤呼号：“天哪！谁人与我做主也呵？”《窦娥冤》中，窦娥本以为县官能为她主持正义：“大人你明如镜，清似水，照妾身肝胆虚实。”“只望大人高抬明镜，替小妇人做主咱!”可没想到自己遇到的是个只会管“告状来的要金银”的蠢官，他奉行的原则是“人是贱虫，不打不招”，使窦娥“捱千般打拷，万种凌逼，一杖下，一道血，一层皮”，将窦娥打得“肉都飞，血淋漓”；见窦娥不招又要打蔡婆婆，窦娥为救婆婆，只好认了这杀人的罪名。这惨重的现实也让窦娥明白了一个道理：“衙门从古向南开，就中无个不冤哉。”

即便如此，她们仍不愿放弃，还是心存希望，这希望便是可以为她们主持公道的“清官”。张海棠身受诬陷，百口莫辩，虽身受官府之害，还是把希望寄托在清官身上：“我这里哭啼啼告天天又高，几时节盼的个清官来到?”(《灰阑记》)窦娥虽然蒙冤屈死，但终究得遇父亲以清官身份告知“到来朝，我与你做主”(《窦娥冤》)。刘玉娘也有幸遇到张鼎，得到他的保证：“我直教平人无事罪人偿”(《魔合罗》)，实现了她有个清官来主持正义还她清白的愿望。

由此可见，无论是心怀公义的清官自身，还是含冤负屈的普通百姓，都秉持着“清官主事”的观念。清官自己要排除万难为民主持正义，受到伤害的百姓也坚信“清官”能为他们洗清冤屈。有学者指出：“清官文化本质，是一种以官员个人情性爱好、人格魅力、断案能力为基础，得到社会舆论认可与皇帝首肯，在人治社会形态下形成的民俗崇拜现象。”[1]受这种文化的影响，人们普遍认为，在实现复仇的过程中，“清官”的帮助是非常重要的，只要有“清官”在，最终总是可以真相大白，使受害人得以报仇雪恨的。

1 王立、刘卫英：《传统复仇文学主题的文化阐释及中外比较研究》，北京师范大学出版社，2011年，第183页。

第四节　恩怨分明观念

“恩与仇，是一组对立的情感与伦理范畴。知恩图报与冤仇必雪，在中国古人的伦理价值系统中占有重要的位置。”[1]一方面，“知恩图报、有恩必报的观念深深根植于中国人的内心深处，自古以来有不少文学作品记载了中国人的报恩观。如《诗经》中‘投我以木瓜，报之以琼琚……投我以木桃，报之以琼瑶……投我以木李，报之以琼玖’就反映了有恩必报的观念”[2]。另一方面，受到他人的伤害而对其进行报复，也是必然的，“有仇不报非君子”“君子报仇十年不晚”等民间观念正是对这种认知的最好说明。不过，元杂剧中却表现出微妙而复杂的恩仇关系，报恩与报仇往往纠缠在一起，呈现出多层次的状态，有为了报恩而复仇的，也有为了报恩而放弃复仇的，在恩与仇的情感交织中，表现出恩怨分明的复仇观念。

一、恩仇并举：报仇作为报恩的表现

“恩怨分明”的复仇观念在元杂剧中有非常丰富的表现，甚至在恩与仇这两者之间还具有某种因果关系：当恩主受到伤害，甚至丢了性命时，为恩主复仇就是对其报恩的最好方法，即为了报恩而复仇。这种情况在元杂剧中有多处表现，当然，在这里我们还需要特别关注一下所报之“恩”的具体内涵。

《还牢末》中李荣祖的妾室萧娥与赵令史有私情，二人合谋将李荣祖陷害入狱，萧娥更要求刘唐将其害死。李逵曾受过李荣祖的救命之恩，因此当他知道李荣祖的处境之后，誓要为之复仇，

1　王立：《中国古代复仇文学主题》，东北师范大学出版社，1998年，第235页。

2　常庆：《浅谈元杂剧中的报恩剧》，《黔南民族师范学院学报》，2013年第2期。

不仅将李荣祖从牢狱中救出，还将萧娥和赵令史二人捉上梁山，“将这两个泼男女剖腹剜心，与李孔目雪恨报仇”。可见李逵为李荣祖复仇，是为了报李荣祖救命之恩。《赵氏孤儿》中，程婴舍弃亲子救赵孤，辛苦抚养二十年，并最终助其复仇成功，是为了报赵家对自己的礼遇之恩。《合汗衫》中，赵兴孙帮助张孝友一家抓住陈虎，是为了报答当年张家对自己的救助之恩。《五侯宴》中，李从珂杀死对王氏百般欺凌的赵脖揪，则是为了报亲生母亲的生育之恩。可见不论何种恩情，一旦施恩者处于危难之中，受惠者都自认有义务为之复仇，这是报恩的必然表现。

通过这些元杂剧我们还可以看出，无论是施恩者还是受惠者，对于恩情的下一步转化都是有所期待，甚至有明确要求的。如《赵氏孤儿》中，屠岸贾与赵家的冲突已经爆发，处于弱势的赵家已完全没有还手之力，在这种情况下，如何保全赵家唯一的血脉，是公主必须要考虑的问题。而她之所以认为能够帮助她达成愿望的人是程婴，不仅因为程婴是赵家的门客，更主要是因为他“一向在俺赵家门下走动，也不曾歹看承你”。赵家对程婴与别人相区别的“礼遇”，是公主将程婴作为救助婴儿之首选目标人物的根本原因，她相信这种礼遇之恩会让程婴最终同意并尽力保护这个赵家的孤儿。而程婴也承认“蒙他十分优待，与常人不同”，为赵家的遭遇感到不平。因此，公主坚信程婴会将这个孩子救出去，并让他“久后成人长大，与他赵氏报仇”。

这种对个人的礼遇即我们常说的“知遇之恩”，是对个体价值的充分肯定，是春秋时期“士不遇”文化背景下最为人期待的恩德之一。为报此恩而矢志不渝地为恩主复仇，在元杂剧中表现颇多，最有代表性的当属《豫让吞炭》。豫让作为智伯的家臣，因智伯之死而誓要为之复仇。他三番五次地想要刺死赵襄子，为主人报得冤仇，甚至不惜通过自残的方式达到复仇的目的。智伯之死其实是他自己咎由自取的结果，关于这一点豫让是明白的，他并不同意智伯的做法，也曾多次向其进谏，甚至差点被智伯杀掉。尽管如此，在他看来，无论是尽力匡正辅佐智伯，还是想尽办法为其复仇，都是自己应该做的事，而这种“应该”表面看来是为主尽忠，事实上最核心的目的乃是回报智伯对自己的恩惠。这在他与赵襄子的对话中表述得很明确：

【赵云】你曾事范氏、中行氏，智伯灭了他二家，你不报仇，今日如何却为智伯报仇？

【正末云】范氏、中行氏以常人待我，我故以常人待之；智伯以国士待我，我故以国士报之。

这段对话清楚地表明了豫让为智伯复仇的真实原因，其所说的“以国士待我”即指智伯对自己有“知遇之恩”，故自己要“以国士报之”。豫让的这种思想在春秋时期并不少见，王立先生指出：“酬答‘知遇’的恩报主体在完成伦理使命的过程中，被这完成使命的手段——复仇行刺，异化、转变为复仇主体，从而使复仇与报恩同一化。由此，以代主复仇形式报恩，在渴求知遇的千古文人心态系统中逐渐固化为一个时时显现的深在情结。”[1]

这种因为感激对方对自己的尊重和礼遇，认为在对方的认可下实现了自我的人生价值，所以愿为这种“知遇之恩”而勉力复仇的情况，同时也受到施恩者的注意，甚至有人故意与某人相交，并对其格外礼遇和尊重，以此得到对方的感激，使对方心甘情愿为自己复仇，达到“借交复仇”的目的。“伴随着士阶层的觉醒崛起，春秋战国时期广泛存在于士阶层中的‘借交复仇’现象，建

1 王立：《中国古代复仇文学主题》，东北师范大学出版社，1998年，第236页。

构了中国古代侠文化的伦理构架，也奠定了恩恩怨怨之间联系沟通的心理基础。从豫让的为恩主智伯报仇行刺赵襄子，到燕太子丹结交义士荆轲并使之刺杀秦王政，乃至秦汉游侠中司空见惯的代主报仇、助友雪怨，复仇主体在行动过程中往往明显地体现着一种恩报动机。”[1]在《伍员吹箫》中，伍子胥流落吴国，吹箫度日，偶然间与专诸相识，他意识到“若得此人助我一臂之力，愁甚冤仇不报?”因此刻意与专诸相交，使专诸深受感动，“量小人有何德能，敢劳君子相顾”；然后再故意激发他的侠义之情，使他主动表示自己便是个贤士，“将军若不弃呵，我情愿与你同报楚仇，万死不避”。这是春秋战国时期“借交复仇”现象的延续，这种现象在历朝历代都有表现，在唐代表现得更为突出，有很多诗人都在诗歌中表现出对这种侠义风范的向往和讴歌（详见第三章第四节）。

二、恩大于仇：为报恩而放弃复仇

报恩和报仇都带有一定的伦理必然性。受人恩惠是一定要回报的，甚至还要回报得更多，“滴水之恩，涌泉相报”这一民间俗谚便是最好的证明；有仇也必然要报，而且可以不受时间的局限，“君子报仇，十年不晚”。那么当报恩与报仇发生冲突的时候，要如何选择? 这种情况在元杂剧中不止一次出现过，使我们对这两种观念之间的关系有了更进一步的认识。

《伍员吹箫》中的伍子胥在逃亡的路上先后受到浣纱女和渔父的恩惠，对其表示自己必将报恩：“你将此饭与俺暂且充饥，和这小哥也食用些儿，我日后必当重报。”“多谢了渔翁，此恩异日必当重报。”后来伍子胥复仇成功，果然兑现了自己的承诺，“要舍

1　王立:《中国古代复仇文学主题》，东北师范大学出版社，1998年，第235—236页。

自己的封赏与他两个人”，对浣纱女的母亲表示会奉其终老，“他为我显的十分忠，我为他也尽些儿孝，直着你丰衣足食快活到老”。可是渔父的儿子对伍子胥的报恩提出了别的要求，即让他放弃伐郑的决定。在这个问题上，伍子胥的表现颇值得探究，他一开始对伐郑一事态度非常坚决，表现出他“有仇必报”的心理：“若提起驿亭那日多奸狡，他倒要替楚除根绝祸苗。不是我命儿高，怕不的着他所料，我便身亡了，这心头还着恼。”“若要我耽饶，只除是东方日落。”这也与子产对伍子胥的评语相一致——“那子胥是个一饭不忘，片言必报的人”。伍子胥自己也明确指出，之所以坚持报仇，“非情薄，这的是一冤还一报”，有恩报恩，有仇报仇，才显得出大丈夫的伟岸形象。不过，面对恩人的要求，尽管伍子胥也有过反对，但当那“村厮儿”表示若他不肯收兵便要死在他眼前时，他最终还是无法坚持报仇的主张：“那渔父的大恩尚未曾报得，怎好着这村厮儿又为我而死！令人，传下令去，将伐郑的军马，暂收回者！”其实，对于伍子胥的反应，渔父的儿子是胸有成竹的，“常闻得蒙点水尚且仰泉思报，何况我父亲将草命替你遮藏”。伍子胥自己也是同样的想法，“我只怕大恩人没下稍，怎当这村厮儿又哀告”。可见，在恩与仇的斗争中，报恩的思想占据了上风，伍子胥正是为了报恩而放弃了复仇，他的这一行为也受到吴王的称赞：“岂不是个报恩报仇豪侠的勾当！”该剧剧末的唱词再次表示了对伍子胥“恩怨分明”的赞颂：“浣婆婆给养尽终身，村厮儿救郑功非细。报恩仇从此快平生，堪留作千古英雄记。”“一生心事神天表，早将他恩仇报了，越显得那两个救忠良甘舍命的世间稀，这一个展英雄能为国的可也众中少。”

《谇范叔》也同样表现出为报恩而放弃复仇的理念。剧述魏国大夫须贾的家臣范雎随其入齐，凭借自身的才学顺利完成使命，受到齐国大夫邹衍的礼遇。须贾因此而怀疑范雎与齐国有私，向齐国告密，所以不仅将其打得昏死，还将其扔入茅厕。后范雎幸得须贾家的院公相助而逃至秦国，改名为“张禄”，仕途平顺，官至丞相。他发迹后故意招各国中大夫来秦国议事，目的就是向须贾复仇，后因当初救他性命的院公为须贾求情，范雎最终为了报恩而放弃了对须贾的复仇。这部剧中也多处体现出恩仇观念，颇有意味。须贾对范雎的伤害其实也是一种复仇的表现，“只为范雎不忠于国，不孝于家，小官平生一世，偏怪这等无恩无义的人”。可见在须贾看来，范雎背离自己与魏国是“无恩无义”，自己对他的种种做法皆因他的“无恩无义”，并无不妥；而范雎得老院公相助，侥幸逃命，在表示“此恩异日必当重报”的同时亦表示“唯有秦国最强，可以报仇，就此告辞去也”，报恩与复仇被紧密地联系在了一起。须贾面对范雎的复仇也有着与之相同的认知，当他知道张禄就是范雎后，立刻认识到自己已摆脱不掉会被寻仇的命运：“原来他改名张禄，实欲智擒须贾，要报旧日之仇。”“哀哉！可怜我须贾微躯，不能还于本国矣。罢、罢、罢，如今且回客馆去，待到来日，膝行肘步，肉袒求见，万一有个侥幸，得免其死。如不见饶，这也是我命数尽此，复何恨哉？大丈夫睁着眼做，到今日合着眼受。惜乎俺一家老小，倚门而望，岂知死在秦邦，永无还日？”并主动向范雎请求：“既到今日，丞相终不饶须贾之罪，他杀不如自杀，愿赐丞相宝剑，待须贾自刎而亡。”同样，范雎也认为自己寻仇于须贾是天经地义的事，认为这是“天教我便还报你”。但是，老院公的出现使范雎面临报恩还是复仇的两难抉择，老院公希望范雎能“饶过俺主人”，这让范雎很是为难，“虽然是为恩人有面皮，我与你这贼子无情意”，“待饶伊，我也要将今日思前日；待不饶伊，又道我只报仇不报德”。最终，因害怕他人认为自己“只报仇不报德”，而且考虑到“若不是老院公救了我呵，岂有今日？则他便是我大恩人也”，范雎还是放弃了向须贾复仇。

可见与向须贾复仇相比，报答老院公的救命之恩对范雎来说更具意义。

杨显之的《潇湘雨》也表现出恩大于仇的复杂心理。剧述廉访使张天觉之女张翠鸾因故与父亲离散，幸遇崔文远相救，被认作养女，并与崔文远之侄崔通成亲。后崔通科举得中，别娶试官之女为妻，不仅不与翠鸾相认，还诬其为偷窃财物之奴婢，并要差役在押解翠鸾前往沙门岛的途中将其杀害。翠鸾与父亲在驿站重逢，亲自捉拿崔通为自己复仇，但后来养父崔文远出面为崔通说情，翠鸾最终为报养父救命之恩而放弃了复仇，与崔通团圆。在这部剧中我们看到，翠鸾受到崔通的伤害，心中充满了仇恨，“他是我今世仇家宿世里冤，恨不的生把头来献”；可当养父为其求情时，她又因为养父的救命之恩而左右为难，“我和他有甚恩情相顾恋？待不沙又怕背了这恩人面”；当她向父亲介绍崔文远时还特别强调：“这个便是救我命的崔文远。”可见她对于养父的救命之恩看得非常之重，因此她对父亲表示：“看恩人面上，连崔通也饶了他罢？”最终还是放弃了对崔通的复仇，与之夫妻团圆。尽管翠鸾愿意与崔通团圆，一部分也出于她本人的隐秘心理：“也曾想来，若杀了崔通，难道好教孩儿又招一个？”“也非俺只记欢娱不记冤，到底是女孩儿的心肠十分样软。”但终究还是有对崔文远报恩的成分在。这也体现了当恩仇并举时，很多人往往会为了报恩而放弃复仇的恩仇观念。

可见，在这些剧目中，“恩”比“仇”更有价值、更有分量，当两者发生冲突时，复仇者虽然会非常纠结，但最终往往会因为恩人的请求而放弃复仇。

三、恩仇必报：“有恩报恩，有仇报仇”的恩仇观

在元杂剧中，有多个剧目表现出“恩怨分明”这种人生态度。

如《伍员吹箫》中郑国子产对伍子胥的评价，称其是个“一饭不忘，片言必报”的人。再如《争报恩》中，关胜和徐宁都曾表示“有恩的是千娇姐姐，有仇的是丁都管、王腊梅”；花荣更是表示：“李千娇的姓名，经板儿也似印在我这心上。姐姐若无危难便罢了，若有危有难，我舍一腔热血，必来答救姐姐。”后来李千娇果然为丁都管和王腊梅所害，这三人也果然兑现承诺将李千娇救出，并为其向丁、王二人复仇。

《合汗衫》中，赵兴孙受恩于张员外，又为陈虎所欺，也曾明确表示：“我有恩的是张员外一家儿，有仇的是陈虎那厮。”十八年后的他仍然记着张员外的恩德和自己对陈虎的仇怨：“感恩人救咱难苦，有仇的是他陈虎。”这是因为在他看来，“报恩仇留名万古”，报恩与报仇都是人生大事，不可偏废。

《贬黄州》中的苏轼，在被贬期间颇得马正卿的照顾，却一直被杨太守冷淡对待，因此当皇上重召其入朝并询问“卿在黄州，谁是恩人？谁是仇人？”之时，他表示“臣在黄州，多亏致仕马正卿周给，实被杨太守窘辱”。为表明皇恩浩荡，皇上也做出了“恩怨分明”的决定：“马正卿为国重贤，扶持公道，有恩于苏轼，封京兆府尹，走马到任者。”“杨太守怀奸结党，妒贤戕善，削去官职，本家为民者。”而颇具讽刺意味的是，在这一故事中，杨太守之所以与苏轼结仇并最终被皇上削职为民，却是为了报恩——“蒙王安石丞相抬举，直做到黄州太守之职，此恩未报”。他正是为报王安石之恩，而故意冷淡被王安石嫉恨的苏轼，到头来反而为自己招来仇恨。

《遇上皇》中的赵元，本来身受臧府尹之害，已注定难逃一死，却因无意中施惠于皇上而成了皇上的恩人，命运就此改变。皇上知恩图报，因此赵元不仅没有丧命，反而平步青云。剧中他的丈人刘二公慨叹“有恩报恩，有仇报仇”，深知已难以避免被寻仇的命运，最后赵元果然得以在皇上的帮助下向曾伤害过他的这些人复仇，故事在“今日个恩仇分别，一齐的万岁山呼”中完美落幕。

总之，作为一对有着密切关系的伦理范畴，报恩与复仇在元杂剧中表现出相互勾连纠葛的复杂关系，剧中主角或为了报恩而复仇，或为了报恩而放弃复仇。在与报恩相关联的复仇观念中，我们既看到了仇恨的巨大摧毁力，同时也看到了恩义的弥补和抚慰功能。因此，在探讨元杂剧中表现的复仇观念过程中，应注意到恩仇之间的关系是有道德价值的。

第五节　善恶有报观念[1]

善恶报应是广为我国古代社会所信仰的思想观念，上自天子诸侯，下迄娼妓乞丐，几乎没有例外。这种“善有善报，恶有恶报”的观点在我国古代早就出现，又在佛教传入后与之融合，形成了独具特色的“善恶报应”观念。有学者指出：“施报观念是一种中国传统的文化价值观念，一种关于人在社会中应该如何行动的行为价值观念或行为伦理观念。”“‘报’的概念反映的是一种实际社会交往中应当遵循的行为规则。”[2]做善事有好报，种恶因得恶果，这一观念在与复仇相关的元杂剧中有大量的表现。

一、善恶有报观念的本土传统

“万事皆有因果”这一观念，在我国古代社会早已有之，这与

1　本节内容已刊于《渤海大学学报（哲学社会科学版）》2021年第6期，原题《“善恶有报”观念与元杂剧复仇精神的伦理正义》。

2　郭锋：《浅论中国传统施与报观念的文化意义及社会影响》，《国家高级教育行政学院学报》，2002年第4期。

初民尚不成熟的早期思维有关。受“万物有灵”观念的影响，原始社会的人们敬天畏神，对于自然界中的种种现象不甚明白，而往往将其与“天”联系在一起，因此彼时的因果观念带有比较鲜明的神灵色彩。《尚书》《左传》和《韩非子》中都有类似的观点，如“积善之家”行善事，“必有余庆”；“积不善之家”积祸事，“必有余殃”，说明春秋时已产生了与今义基本相同的善恶报应观。除此之外，在其他的诸多典籍之中，也常可见到善恶报应这一观念，如《老子》言：“天道无亲，常与善人。”墨子也认为天有意志，能“赏善罚暴”，他在《墨子》一书中多处阐发了他的这种思想。如在《墨子·天志上》中说：“天欲义而恶不义。”[1]在《墨子·法仪》中说：“爱人利人者天必福之，恶人贼人者天必祸之，曰杀不辜者得不祥焉。”[2]而且在墨子看来，善恶报应是具有普适性的，如《墨子·天志中》说：“天子为善，天能赏之；天子为暴，天能罚之。”[3]墨子认为善恶报应并不仅仅针对平民百姓，即使是天子，也一样要受到上天的监督和赏罚，这也体现出了善恶报应观念的平等性。又如《墨子·法仪》说：“为不善以得祸者，桀纣幽厉是也。爱人利人以得福者，禹汤文武是也。”[4]以桀纣幽厉为作恶得祸的例子，以禹汤文武为施善得福的例子，可见早在先秦时期，这一思想已深入人心。

后世的善恶报应观念也始终不绝如缕。东晋王嘉《拾遗记》卷六载晋时俗谚：“积善降福，神明报焉。”[5]南宋俞成《萤雪丛说》卷二引古语古诗云：“‘善恶若无报，乾坤必有私。’此古语也。

1 转引自张永义《墨子与中国文化》，中山大学出版社，2020年，第93页。

2 转引自蔡元培《中国伦理学史》，商务印书馆，2010年，第39页。

3 转引自张永义《墨子与中国文化》，中山大学出版社，2020年，第103页。

4 转引自刘道超《中国善恶报应习俗》，陕西人民出版社，2004年，第11页。

5 〔东晋〕王嘉：《拾遗记》，王兴芬译注，中华书局，2022年，第232页。

‘善恶到头终有报，只争来速与来迟。’此古诗也。”[1]南宋吴自牧《梦粱录》卷一八也载有宋代俗语：“作善者降百祥，天神佑之；作恶者降千灾，鬼神祸之。天之报善罚恶，捷于影响。”[2]可见人们以这一思想作为对善恶进行选择的依据，依靠这种思想对个人行为进行道德约束和伦理塑造，已经形成了根深蒂固的传统。

二、善恶有报观念的宗教融合

除了源于我国本土已经具有的“积善余庆”“积恶余殃”等思想，善恶报应观念也与佛教的传入关系密切。“中国佛教在弘传人生的精神解脱法门的同时，还担负着扶世助化、劝善化俗的宗教伦理使命。中国佛教要实现劝善化俗的伦理目的，除教人们明分善恶外，还需以善恶业报轮回的宗教理论与世俗的道德实践相结合，从而使佛教伦理在众生中产生信仰的约束力量。”[3]这两种思想有非常接近的伦理基础，因此，作为佛教理论基础的业报轮回说，自传入我国就与中土的善恶报应思想紧密结合。佛教的业报轮回观念，使善恶果报理论更能自圆其说，更能加强对民众道德生活的约束，从而丰富了我国本土的善恶报应思想，也形成了独具中国特色的善恶报应观念。

在三国东吴时期，康僧会（？—280）曾与孙皓进行辩论，试图利用我国传统的善恶观去解释佛教的业报轮回说。东晋时的知名僧人慧远（334—416）则认为善恶报应“乃必然之数”，善恶福罪是理所应当、自然而然的事。他说：

1　转引自刘道超《中国善恶报应习俗》，陕西人民出版社，2004年，第14页。

2〔南宋〕吴自牧：《梦粱录》，符均、张社国校注，三秦出版社，2004年，第286—287页。

3　王月清：《中国佛教善恶报应论初探》，《南京大学学报（哲学·人文科学·社会科学）》，1998年第2期。

是故心以善恶为形声，报以罪福为影响。本以情感，而应自来……然则罪福之应，唯其所感。感之而然，故谓之自然。自然者，即我之影响耳。于夫主宰，复何功哉？[1]

同时他还强调了在善恶报应问题上，最终应该负起责任的是人，是人自身所有与善恶相关的动机和行为，而不是所谓天神，突出表现出“为仁由己”的观点，也反映出他站在佛教立场上，以佛教义理理解和阐述我国本土报应论的思想特色。

以慧远思想为代表的中土佛教善恶报应论对后世产生了极大的影响，其与我国本土的“积善余庆”“积恶余殃”思想相契合，对儒家伦理的教化功能是一种有益的补充，因此受到广泛的重视。南朝梁代萧子显认为：“儒家之教，宪章祖述，引古证今，于学易悟；今树以前因，报以后果，业行交酬，连锁相袭。”[2]充分肯定了佛教善恶果报论对儒家伦理教化的补充作用。北齐的颜之推也对佛教的善恶报应论表示确信：“三世之事，信而有征，家世归心，勿轻慢也。……今人贫贱疾苦，莫不怨尤前世不修功业，以此论之，安可不为之作地乎？”[3]可见这一时期的佛教善恶报应论已渗透到社会伦理生活中，与我国本土的“积善”“积恶”观念融合为一体，使更多人关注道德上的自觉和自律，认识到“善恶报应也，悉我自业焉”[4]，“思前因与后果，必修德而行仁”[5]。

除了佛教，道教也有自己的善恶报应理论。《太平经》卷三十九载：

1 李小荣：《弘明集校笺》，上海古籍出版社，2013年，第348页。

2 〔南朝梁〕萧子显：《南齐书》，中华书局，1972年，第946—947页。

3 〔北齐〕颜之推：《颜氏家训》，时代文艺出版社，2001年，第196页。

4 曾枣庄、刘琳主编：《全宋文》第8册，卷三〇八，巴蜀书社，1990年，第109页。

5 弘法主编：《小藏经研究：印祖文钞易读之四》，宗教文化出版社，2018年，第126页。

承者为前，负者为后。承者，乃谓先人本承天心而行，小小失之，不自知，用日积久，相聚为多，今后生人反无辜蒙其过谪，连传被其灾，故前为承，后为负也。负者，流灾亦不由一人之治，比连不平，前后更相负，故名之为负。负者，乃先人负于后生者也；病更相承负也，言灾害未当能善绝也。[1]

道教的这一理论即“承负说”，突出强调了人的善恶行为对子孙后代将产生深远影响，而人今生的祸福也正是先人行为的结果，因此人们对于善恶行为的选择理应慎重，这与子孙后代的福祸命运联系紧密。可见善恶有报的观念一直盛行于我国，并经由儒释道的教义发挥受到社会大众的普遍认同，成为一种具有普适性的伦理观念。

三、元杂剧普遍体现善恶有报观念

“善恶有报”这一具有普遍适应性和约束力的观念，可以说与我国的戏剧理想不谋而合。早有学者指出：“与西方戏剧相比，中国戏剧情节的发展与善恶报应有着非常直接的关系。报应关系总是与道德教化相联系，所以中国人一般都把报应置于教化之中。”[2]在以人情世态为最主要的描写和表述内容的元杂剧中，表现出了鲜明的善恶有报观念，这也成为一种广为接受的复仇观念，甚至成为复仇者坚定复仇意志的理论基础和信念支撑。既然“善恶有报”，那么安分守己的受害人无辜受到施恶者的伤害后，向施恶者寻仇自然理所应当；施恶者做下恶事，也必然将受到相应的惩罚。

1　王明编：《太平经合校》，中华书局，1960年，第70页。

2　何辉斌：《戏剧性戏剧与抒情性戏剧：中西戏剧比较研究》，中国社会科学出版社，2004年，第88页。

当然，这种思想在不同的剧本中有不同的表现。但总体来说，这是剧作家进行创作时的一种道德指引、精神寄托和美好愿望：人不惩天惩，此时不报将来会报，正义与邪恶的较量可能不会立见分晓，但最终的胜利肯定是属于正义一方的。

在这些作品中，主人公通常是良善的安分之人，所作所为基本上都只是为了保证自己最起码的生存权利，而且往往倾向于追求人格的完美，多数表现出高尚的情操或严格的自律性，并无害人之心，有时甚至连防人之心也没有。与之相比，其对手却往往凶狠无比，且无论在身份地位还是权势手段上，都是前者无法相比的。《蝴蝶梦》中的王家只是普通百姓，面对的施恶者却是权豪势要葛彪；《生金阁》中的郭成只是个试图逃避苦难命运的书生，面对的是不仅要得到生金阁，还要霸占李幼奴的庞衙内；《朱砂担》中的王文用是个风餐露宿、四处漂泊的货郎，面对的是凶神恶煞的流氓白正；《盆儿鬼》中的杨国用也和王文用一样，是个为图平安生活而到处奔波的小买卖人，可他面对的是贪得无厌、恶毒残忍的盆罐赵夫妻。再如《魔合罗》中的李德昌对李文道、《合汗衫》中的张孝友对陈虎、《灰阑记》中的张海棠对马家大妻、《神奴儿》中的神奴儿对王腊梅等，这些剧中的受害者都与世无争、与人无犯，本应得到幸福，拥有安详平和的人生，可他们都被施恶者蓄意伤害，不仅原有的平静生活被打破，甚至丢了性命，家破人亡。

《窦娥冤》中的窦娥是最具代表性的例子。她是一个勤劳善良、刚强隐忍，完全符合封建社会道德要求的女性。她三岁就失去了母亲，几乎没有感受过母亲的疼爱；七岁又被父亲卖给别人做童养媳，从此与父亲失去联系，此生再未相见；她期待与丈夫能够白头偕老，可成亲不到两年，丈夫又因病去世，窦娥年纪轻轻就成了寡妇；她对待婆婆恭敬孝顺，却因为婆婆误将歹人引狼入室而身遭牢狱之灾，最终又因要保护婆婆不受拷打而含冤被杀。纵观窦娥的一生，她似乎从来不曾为自己做主，所有的一切她都要听从命运的安排。上天对她如此不公，她也曾感叹“窦娥也，你这命好苦也呵!”她想不通为什么自己会有这样的遭遇：

【油葫芦】莫不是八字儿该载着一世忧？谁似我无尽头！须知道人心不似水长流。我从三岁母亲身亡后，到七岁与父分离久。嫁的个同住人，他可又拔着短筹；撇的俺婆妇每都把空房守，端的个有谁问，有谁瞅？

【天下乐】莫不是前世里烧香不到头，今也波生招祸尤？劝今人早将来世修。我将这婆侍养，我将这服孝守，我言词须应口。

这一段唱词清楚地表达出了窦娥心中的困惑和无奈。同时我们也看到，在百思不得其解的情况下，她把自己的这种人生境遇归结到了善恶报应上：“莫不是前世里烧香不到头，今也波生招祸尤?”用这种前世因后世果的理念来自我安慰，以化解心中的委屈，得到心理上的平衡。可是，当她的善良隐忍不仅没有换来同样的回馈，反而使自己蒙冤受屈，呼天不应叫地不灵，无辜枉死，而行凶作恶的歹人却逍遥法外时，她也对自己从前信奉的这种理念产生了巨大的怀疑：

【正宫】【端正好】没来由犯王法，不提防遭刑宪，叫声屈动地惊天！顷刻间游魂先赴森罗殿，怎不将天地也生埋怨？

【滚绣球】有日月朝暮悬，有鬼神掌着生死权，天地也，只合把清浊分辨，可怎生糊突了盗跖、颜渊？为善的受贫穷更命短，造恶的享富贵又寿延。天地也，做得个怕硬欺软，却元来也这般顺水推船。地也，你不分好歹何为地？天也，你错勘贤愚枉做天！哎，只落得两泪涟涟。

“为善的受贫穷更命短，造恶的享富贵又寿延。”堪称道德楷模、人格完美无缺的窦娥所代表的善，却遭到以张驴儿和桃杌为代表的恶的肆意破坏和伤害，这样的社会现实的确让人们难以接受，更无法发挥戏曲“高台教化”的道德规范作用，反而会让人们对一直以来所遵循和秉持的人生理念产生怀疑。因此故事发展到窦娥屈死并没有完结，她的父亲窦天章以“两淮提刑肃正廉访使之职”的身份出现，成为她实现复仇的保证。窦娥虽已成为鬼魂，但一样可以重返人间，揭穿张驴儿的种种罪行，使他最终被绳之以法，得到“善恶有报”的合理结果。如此便使观者明白，就算好人会受到伤害，坏人也绝不可能逃脱恶报，其短暂的取胜并不能改变最终接受更加严厉的惩罚的命运。

《陈州粜米》中张撇古也坚信“善恶有报”。他是个最普通不过的老百姓，唯一的特点在于“性儿不好”，但正是他的执拗和坚持，才使得小衙内和杨金吾假公济私、蓄意贪污赈灾钱粮的阴谋被揭穿：

【金盏儿】你道你奉官行，我道你奉私行。俺看承的一合米，关着八九个人的命，又不比山麋野鹿众人争。你正是饿狼口里夺脆骨，乞儿碗底觅残羹。我能可折升不折斗，你怎也图利不图名？

阴谋被揭穿、恼羞成怒的两人立刻露出权豪势要的凶恶嘴脸，在他们看来，“把你那性命则当根草，打甚么不紧！”竟用紫金锤将张撇古活活打死。

张撇古的要求本是合理的，他希望按照朝廷的规定，公平地买卖粮食，可这正常的要求在只为谋求私利的权势子弟面前非但无法实现，反而还搭上了他的性命。对于自己的不幸遭遇，他虽然悲愤痛苦，但仍坚信这些恶人将得到报应：“虽然是输赢输赢无定，也须知报应报应分明。”他与窦娥不同，窦娥是一个深居简出的年轻女子，她的世界相对狭小简单，主要在于坚持自己的道德操守和行为规范，对社会上的腐败和黑暗并没有太多的认识和了解，她的反抗精神是随着自身苦难的不断加剧而逐渐强大起来的；而张撇古是一个有着丰富社会经验的老年人，他对于官府的种种伎俩非常了解，并深恶痛绝，他的反抗精神是自觉的。区别于窦娥对官府的盲目信任，他从一开始就对官府不抱有任何希望：

【赚煞尾】做官的要了钱便糊突，不要钱方清正。多似你这贪污的，枉把皇家禄清。（带云）你这害民的贼，也想一想差你开仓粜米，是为着何来？（唱）兀的赈济饥荒你也该自省，怎倒将我一锤儿打坏天灵？（小撇古云）父亲，我几时告去？（正末唱）则今日便登程，直到王京，常言道“厮杀无如父子兵”，拣一个清耿耿明朗朗官人每告整，和那害民的贼徒折证。（小撇古云）父亲，可是那一位大衙门告他去？（正末叹云）若要与我陈州百姓除了这害呵，（唱）则除是包龙图那个铁面没人情。

他对自己弱小的受害者身份有准确的认知，清楚地知道他与强大的施恶者之间是无法实现力量等同的，但“报应分明”的观念使他相信，可以通过正确途径来为自己主持公道。他选择的方法便是“拣一个清耿耿明朗朗官人每告整，和那害民的贼徒折证”，并且明确指出：“若要与我陈州百姓除了这害呵，则除是包龙图那个铁面没人情。”同时他也表示：“我便死在幽冥，决不忘情，待告神灵，拿到阶庭，取下招承，偿俺残生，苦恨才平。若不沙则我这双儿鹘鸰也似眼中睛，应不瞑。”可见对张撇古来说，包拯这个清官是他在人世间实现“善恶有报”的唯一指望，不过即使包拯也做不到，他还是不会放弃，在死后的幽冥世界他一样要继续向神灵控诉，要神灵为自己主持公道。所幸包拯没有让他失望，小衙内和杨金吾两人得到了应有的惩罚。

由此可见，元杂剧中“善恶有报”的观念体现出多样性。这些在底层社会生活、以自我完善为指导思想的人物在遭受迫害时，或尽力争取通过正当途径实现自我保护，或倾向于自我克制，试图以忍耐和包容来换取对方的醒悟和改变，不过结果往往让人失望和沮丧。但这只是戏剧故事发展的一个阶段，在发生了剧烈的冲突之后，总会有可以主持正义的外力参与进来，如《东窗事犯》中的东岳大帝、《鲁斋郎》中的包拯、《冯玉兰》中的金御史等，或者是清官，或者是神灵；甚至变化了形式的自我也可以在寻求公义的过程中发挥主动作用，如窦娥、杨国用和神奴儿的鬼魂等。这样的情节设置使戏剧故事的发展回归到正常的伦理规范上来，最终还是达成善有善报、恶有恶报的结果，这也成为复仇者最强有力的思想支撑。

第三章

影响元杂剧复仇观念的因素

前文我们分析了与复仇相关的元杂剧中表现出的复仇观念，这些观念关涉血亲关系、忠孝仁义等伦理范畴，表现出对公平正义的追求，对侠士情怀的向往，以及恩怨分明、善恶有报等复仇思想。这些复仇观念在元杂剧中的表现受到诸多因素的影响，特别需要强调指出的是，文学创作中复仇母题的流变、元代独特的异族统治的时代背景、包含复仇内容的民俗传统及观众欣赏元杂剧时的价值取向等方面的影响极为突出。

第一节　复仇母题是元杂剧复仇观念的文学根源

"母题（motif）"是一个舶来词，通常被认为属于美国著名民俗学家斯蒂·汤普森（Stith Thompson）在《世界民间故事分类学》中创造的民间文学分类体系，主要应用于民俗学领域。他在该书中对母题作了比较详细的界定：

一个母题是一个故事中最小的，能够持续在传统中的成分。要如此它就必须具有某种不寻常的和动人的力

> 量。绝大多数母题分为三类。其一是一个故事中的角色——众神，或非凡的动物，或巫婆、妖魔、神仙之类的生灵，要么甚至是传统的人物角色，如像受人怜爱的最年幼的孩子，或残忍的后母。第二类母题涉及情节的某种背景——魔术器物，不寻常的习俗，奇特的信仰，如此等等。第三类母题是那些单一的事件——它们囊括了绝大多数母题。[1]

我国学术界对于“母题”的关注和研究是从胡适先生开始的，他最先对该词进行了介绍并将其译作“母题”。这种母题和母题研究法最初也主要应用于民俗学和民间文学等领域，后来随着这一学术理念得到了更多的认同，才逐渐被应用于文学研究，特别是小说和戏曲这类以情节取胜的文学体裁。在研究“母题”的过程中，对于“母题”概念的认识也在不断发生改变。从现在了解到的资料来看，学界所认定的母题的概念还是以斯蒂·汤普森的观点为主，但在外延上有所扩大，不仅指最小的情节单元，同时还包含了主题、主旨等含义。从母题学的角度来看，中国古代文学具有悠久的复仇渊源，从最古老的神话传说到诗歌、散文、小说、戏剧，复仇故事反复出现，始终是文学作品的重要表现内容之一，不仅在文化作品中完整保存，还得到了不断的复制和延续。

一、神话传说中的复仇因子

早在远古时期的神话传说中，就已经包含复仇的因子，复仇已经成为一个重要的主题。据《山海经·北山经》记载：

1 ［美］斯蒂·汤普森:《世界民间故事分类学》，郑海等译，上海文艺出版社，1991年，第499页。

> 又北二百里，曰发鸠之山，其上多柘水。有鸟焉，其状如乌，文首、白喙、赤足，名曰精卫，其鸣自詨。是炎帝之少女，名曰女娃。女娃游于东海，溺而不返，故为精卫，常衔西山之木石，以堙于东海。漳水出焉，东流注于河。[1]

这段文字讲述的就是精卫填海的复仇故事，这个故事在南朝梁代任昉的《述异记》中也有记载："昔炎帝女溺死东海中，化为精卫，其名自呼，每衔西山木石填东海。偶海燕而生子，生雌状如精卫，生雄如海燕。今东海精卫誓水处，曾溺于此川，誓不饮其水。一名鸟誓，一名冤禽，又名志鸟，俗呼帝女雀。"[2]炎帝之女因溺死于东海之中，故名为"冤禽""志鸟"，并且发誓要衔石填海以报溺死之仇。精卫只是一只小鸟，与东海之浩渺无垠相比实在不值一提，却坚持衔石填海，从中可以感受到其强烈的复仇意识。

同时，《山海经·海外西经》中还记载了刑天的复仇故事：

> 刑天与帝争神，帝断其首，葬之常羊之山。乃以乳为目，以脐为口，操干戚以舞。[3]

刑天与天帝争做主神，头被砍掉了竟然还"以乳为目，以脐为口"，"操干戚以舞"，继续与之争斗。

精卫和刑天这种有仇必报、不达目的誓不罢休的精神对后人

1 富强译注：《山海经》，作家出版社，2016年，第128页。

2 〔南朝梁〕任昉：《述异记》，《丛书集成初编》（影印本），中华书局，1991年，第3页。转引自徐胜男《道教与唐前志怪小说专题研究》，巴蜀书社，2020年，第254页。

3 富强译注：《山海经》，作家出版社，2016年，第267页。

产生了巨大的情感激励。陶渊明就曾在《读〈山海经〉》中写“精卫衔微木，将以填沧海。刑天舞干戚，猛志固常在”[1]，对这两个复仇故事进行讴歌和赞美。韩愈也对精卫衔石填海的复仇行为给予了充分的肯定和赞颂：“鸟有偿冤者，终年抱寸诚。口衔山石细，心望海波平。渺渺功难见，区区命已轻。人皆讥造次，我独赏专精。岂计休无日，惟应尽此生。何惭《刺客传》，不着报仇名。”[2]他不仅表示了对精卫的欣赏，还注意到了《史记》中《刺客列传》对复仇事件的记述和礼赞。宋代的王安石也曾有诗吟咏：“帝子衔冤久未平，区区微意欲何成？情知木石无云补，待见桑田我变更。”[3]到了明清时期，仍然有人歌咏精卫，顾炎武《精卫》诗云：“万事有不平，尔何空自苦。长将一寸身，衔木到终古？我愿平东海，身沉志不改。大海无平期，我心无绝时！呜呼！君不见西山衔木众鸟多，鹊来燕去自成窠。”[4]可见后世丰富的复仇文学的滥觞正是肇始于上古时期的神话传说。

二、史传文学是复仇故事的主要载体

古代中国早期的复仇文学更多是以史传文学的面目出现的，史传是复仇文学的主要载体，如《左传》中的伯有鬼灵报冤、卫侯梦浑良夫鬼魂索命、晋侯梦大厉等故事，可以说是后代史书中记载复仇故事的源头。《史记》中对伍子胥为父报仇、赵氏孤儿报仇等故事的记载，更是使得这些广为后世传颂的复仇故事在这一时期形成了基本的故事轮廓。司马迁甚至还在《刺客列传》和

1 〔东晋〕陶渊明：《陶渊明全集》，〔清〕陶澍集注，龚斌点校，上海古籍出版社，2015年，第122页。

2 余冠英、周振甫、启功等主编：《唐宋八大家全集》，国际文化出版公司，1998年，第125页。

3 〔北宋〕王安石：《王安石全集》，张鹤鸣整理，崇文书局，2020年，第321页。

4 上海辞书出版社文学鉴赏辞典编纂中心：《元明清诗三百首鉴赏辞典》，上海辞书出版社，2017年，第263页。

《游侠列传》中对豫让、聂政、郭解等人的“借交报仇”行为进行赞颂。后世的其他史书也顺理成章地继承了这一优良传统，乐于记述这些复仇故事，不只局限于冤魂复仇一种类型，还包括血亲、侠义、情变等各种类型的复仇故事，数量可观。从这种反复书写亦可看出历代史家对于复仇事件的偏爱。周天游先生曾在文章中指出，仅只记载两汉历史的史书中即有十七例为父（从父、养父）、八例为兄弟（从兄弟）报仇的事迹，其他像为母、为夫、为子、为舅等血亲复仇的事例亦均有记载（该数据包括散佚在后世类书中的片段）。[1]而后世历朝历代的史书对于精彩的复仇事件更是格外重视，甚至通过《孝友传》《孝义传》或《列女传》等专著对此类复仇事件进行相对集中的展现。

在对复仇事件的记述中，我们可以发现一个细节，即野史笔录的传闻向来受到史家的青睐。如《益部耆旧传》中的女鬼诉怨故事也出现在了《华阳国志》和《后汉书》中，《幽明录》中少女化为厉鬼的故事亦为《世说新语》所注引，《述异记》里苻坚索命一事也为《魏书》《北史》《晋书》所采用等，类似情况为数不少。传闻为何会成为追求实录的史家的资料来源？有学者指出：“中国人重讲史，古人尤其重史轻文，不仅文人士大夫以通谙史事相标榜，下层民众也对由史派生出的故事有着特殊的兴趣……复仇主题具有纪实与虚构、史与文的双重性质，这种介乎文史之间左右逢源的文学主题，在‘史胜于文’观念深固，‘以文衍史’风气弥漫的文化土壤里，根深极易叶茂。”[2]可见，史书对于复仇事件的记载不仅是对历史事实的真实记录，更多时候还表现出了作者、统治者乃至民众对复仇者及复仇事件的态度。史书中记载的复仇片段往往从文化意义上体现出正义的价值，这种价值在民众中具有

1 周天游：《两汉复仇盛行的原因》，《历史研究》，1991年第1期。

2 王立：《中国古代复仇文学主题》，东北师范大学出版社，1998年，第499页。

伦理道德上的趋同感，充分体现出民众对复仇主体所抱持的坚定的复仇意志和对其为了实现复仇愿意做出巨大牺牲的认可和尊重。这种鼓励与礼赞的态度极大地激发了复仇文学的发展，后世的复仇故事有很多都来自历史中的真实事件，如元杂剧中最为惊心动魄的《赵氏孤儿》《伍员吹箫》《窦娥冤》《豫让吞炭》《马陵道》等表现复仇故事的剧目，其原型都来源于史传文学。一方面，史传文学自身的“实录”性质增强了复仇事件的可信度；另一方面复仇文学又借由史传文学这一传播媒介和“信而不疑”等文化传统得以更加充分地发展。

三、小说等叙事文学增强了复仇事件的故事性

钱锺书先生曾指出：“夫稗史小说、野语街谈，即未可凭以考信人事，亦每足据以觇人情而征人心。”[1]与以“不虚美，不隐恶”为写作标准的历史传记相比，小说、戏曲等文学体裁所讲述的复仇故事表现出更加全面、细致的故事性，体现出对以弱胜强和以善胜恶的美好愿景的追求，具有更加鲜明的文学色彩。

表现复仇的作品通常是以情节取胜的，从角色受到伤害到其实现复仇是一个完整的故事流程。在复仇故事中，通常被伤害者都是弱势的一方，复仇对其而言是一个比较困难的过程，可能需要经过缜密的思考、长久的隐忍、辛苦的磨炼，甚至会在实现复仇的过程中牺牲生命。由于复仇行为所具有的正义性，人们倾向于希望弱势复仇者得到神灵或鬼魂的帮助或是某种神秘力量的指引，这些在史传记录中可能会被舍弃的情节，在小说中得到了更加充分的展现，进一步增强了其故事性。

《搜神记》中记载有赤比为父复仇的故事，赤比出生之前就已

1　钱锺书:《管锥编》，中华书局，1979年，第271页。

因为父亲被害而负有为其报仇的神圣使命，复仇可以说是他生命的全部意义所在；更何况他的复仇对象是楚王。因此当他意识到只有侠客可以助他实现复仇时，他的舍弃性命和侠客的义无反顾便都显得顺理成章，他的复仇过程也充满了传奇色彩。

《搜神记》中还记有一则苏娥复仇的故事，她以女鬼的身份向暮宿鹄奔亭的交州刺史何敞诉冤，对杀害自己的凶犯是谁及整个凶杀过程进行了详细说明，最终大仇得报。这样离奇的情节表现对于唐传奇及后来的文学作品是一种启发性的引导，在唐传奇最具有代表性的复仇故事《谢小娥传》中，我们也看到了相类的故事线。谢小娥因父亲和丈夫为人所害而矢志复仇，其父与夫相继托梦于她，含蓄地通过隐谜的方式告之凶手的姓名，使她明确复仇的对象，整个复仇过程体现出鬼灵报仇的神秘性色彩。

六朝时刘宋的刘敬叔所著《异苑》记载了袁乞妻的复仇故事：

> 吴兴袁乞妻临终，执乞手云："我死，君再婚否？"乞言不忍也。既而服竟，更娶。乞白日见其死妇，语之云："君先结誓，云何负言？"因以刀割其阳道，虽不致死，人性永废。[1]

这一记载是比较简单的，但可说开启了以背盟誓而报情仇之故事的先河。

这一故事类型在唐传奇《霍小玉传》中得到了更进一步的发展。李益与霍小玉相恋之时许下誓言："粉身碎骨，誓不相舍。……请以素缣，著之盟约。"[2]可最终李益还是背弃负约，霍小

1 〔南朝宋〕刘敬叔：《异苑》，范宁校点，中华书局，1996年，第58页。

2 鲁迅校录：《唐宋传奇集》，蔡义江、蔡宛若今译，浙江文艺出版社，2018年，第112页。

玉郁郁而死，并发誓报仇："我死之后，必为厉鬼，使君妻妾，终日不安！"[1]整个故事的结构更加明确和完整，文学色彩愈加鲜明。

除了文人创作的唐传奇，民间文学对于复仇故事也表现出了强烈的兴趣，并使之得到了更进一步的发展。如唐代的《伍子胥变文》，在《左传》《战国策》《史记》《吴越春秋》《越绝书》等史书记载的基础上，又广泛吸收了杂史和传说的材料，对伍子胥的复仇故事进行了大力的渲染，使之在情节上体现出兼容并包、文野同炉的特点。故事突出强调了伍子胥复仇的艰辛历程，逃亡之时"饿乃芦中餐草，渴饮岩下流泉"[2]，但他对于复仇却表现出坚定意志："丈夫今无天日分，雄心结怨苦苍苍；傥逢天道开通日，誓愿活捉楚平王。剜心并脔割，九族总须亡。若其不如此，誓愿不还乡！"[3]严格意义上说，《伍子胥变文》是有关伍子胥复仇故事的第一个文学文本。它塑造了一个极具大众审美倾向的民间英雄形象，集中体现了民间浓厚的美学观点、思想感情和理想愿望，使伍子胥复仇的故事性得到强化。它是对以前历史文本或杂史文本的突破，对后来的说唱文学、元杂剧乃至章回小说中伍子胥形象的塑造都产生了深远的影响。

四、诗歌对复仇之义的弘扬

受文学体裁的限制，诗歌在篇幅和表达方式上与史传和小说存在很大区别。同史传的实录性和小说的新奇性相区别，诗歌更加看重复仇的精神，表现出对复仇行为的热烈追求和向往。

诗歌中对于复仇的赞许可以追溯到屈原，屈原自身的忠臣身份和疏远见离、屡遭奸谤的苦难命运使他对于复仇有更深刻的理

1　鲁迅校录：《唐宋传奇集》，蔡义江、蔡宛若今译，浙江文艺出版社，2018年，第120页。
2　项楚：《敦煌变文选注》（上），中华书局，2006年，第33页。
3　项楚：《敦煌变文选注》（上），中华书局，2006年，第34页。

解。他在《国殇》中写道："诚既勇兮又以武，终刚强兮不可凌。身既死兮神以灵，魂魄毅兮为鬼雄。"[1]这是鬼灵复仇和战士舍命报国气概的糅合，是对鬼厉复仇发出的称许和赞美。在《天问》中屈原也写道："勋阖梦生，少离散亡，何壮武厉，能流厥严！"[2]黄文焕在《楚辞听直》中认为屈原怀有为楚怀王复仇的思想：

> 此承前历代亡国之痛。渐归之楚事，悲怀之死秦，愤襄之不能仇秦，忧楚之将终折于秦也。其首引阖庐，所以愧襄也。阖庐之散亡在外，与襄之质他国一也。阖庐有仇于楚而卒破楚，其专复杀父之仇，则子胥尤奋力焉。君臣同志，以楚之强，遂无以敌之。秦之闭怀致死，邻国而杀吾父，视楚于子胥以君杀其臣何若？襄之当仇秦，义不共戴，视阖庐之仇楚何若耶？阖庐何以能奋武厉，能施威严？此必有道矣，其亦可以取法矣。庐能之，襄顾不能耶？勋阖者，大其复仇之勋，故特标之曰勋阖也。此原之书法也。严而曰流，则又原之书法也。不能复仇，虽有威严，止于己之一国而已，不克流于他国也。[3]

由此推知，屈原在诗歌中表现出对吴王阖闾与伍子胥君臣联手败楚复仇的推重，也就不足为奇了。

再如左延年的《秦女休行》对年仅十四五岁的烈女复仇的故事进行了歌颂；曹植的《精微篇》更是对勇于报仇的关东侠女苏来卿和女休赞誉有加："关东有贤女，自字苏来卿。壮年报父仇，身没垂功名。女休逢赦书，白刃几在颈。俱上列仙籍，去死独就

1　方铭：《楚辞全注》，人民文学出版社，2019年，第65页。
2　方铭：《楚辞全注》，人民文学出版社，2019年，第77页。
3〔明〕黄文焕：《楚辞听直》，黄灵庚、李凤立点校，上海古籍出版社，2019年，第83页。

生。”[1]承袭左延年和曹植，傅玄也写了《秦女休行》，他称赞的是庞烈女为父复仇的事迹：“白日入都市，怨家如平常。匿剑藏白刃，一奋寻身僵。”[2]还有他的《长歌行》：“二军多壮士，闻贼如见仇。投身效知己，徒生心所羞。”[3]张华的《博陵王宫侠曲》：“雄儿任气侠，声盖少年场。借友行报怨，杀人租市旁。”[4]吴均的《结客少年场》：“报恩杀人竟，贤君赐锦衣。”[5]鲍照的《代结客少年场行》：“失意杯酒间，白刃起相仇。”[6]这些诗歌作品基本上都表现出对报效君主、为国赴难和代友刃仇的歌颂，是对两汉复仇风气的承继和发扬。

唐代诗歌蔚为大观，王昌龄、王维、李白、高适、杜甫、柳宗元等人皆有歌咏复仇之作。如王昌龄的《杂兴》：“握中铜匕首，粉锉楚山铁。义士频报仇，杀人不曾缺。”[7]高适的《邯郸少年行》：“邯郸城南游侠子，自矜生长邯郸里。千场纵博家仍富，几度报仇身不死。”[8]王维的《燕支行》：“赵魏燕韩多劲卒，关西侠少何咆勃。报仇只是闻尝胆，饮酒不曾妨刮骨。”[9]柳宗元的叙事长诗《韦道安》则对韦道安路遇不平、拔刀相助，将盗首杀死后救出弱女又不受恩谢飘然而去的英勇行为进行了描写和颂扬。李白有《侠客行》：“赵客缦胡缨，吴钩霜雪明。银鞍照白马，飒沓如流星。

1　余冠英选注：《三曹诗选》，作家出版社，1956年，第28—29页。

2　彭黎明、彭勃主编：《全乐府》第一册，上海交通大学出版社，2011年，第267页。

3　彭黎明、彭勃主编：《全乐府》第一册，上海交通大学出版社，2011年，第246页。

4　彭黎明、彭勃主编：《全乐府》第一册，上海交通大学出版社，2011年，第274页。

5　许兴阳编著：《先秦汉魏晋南北朝侠文艺篇目辑略》，华文出版社，2017年，第232页。

6　魏耕原、张新科、赵望秦主编：《先秦两汉魏晋南北朝诗歌鉴赏辞典》，商务印书馆，2012年，第1050页。

7　黄勇主编：《唐诗宋词全集》，燕山出版社，2007年，第407页。

8〔清〕王尧衢选注：《古唐诗合解》，黄熙年等点校，岳麓书社，1989年，第181—182页。

9〔唐〕王维：《王维诗集》，〔清〕赵殿成笺注，白鹤校点，上海古籍出版社，2017年，第149页。

十步杀一人，千里不留行。事了拂衣去，深藏身与名。”[1]杜甫《遣怀》：“白刃仇不义，黄金倾有无。杀人红尘里，报答在斯须。”[2]他的《义鹘行》更是借健鹘向白蛇复仇的故事赞扬了慨然复仇的义勇行为。元稹也作有《侠客行》：“侠客不怕死，怕在事不成。事成不肯藏姓名，我非窃贼谁夜行？白日堂堂杀袁盎，九衢草草人面青。”[3]元代的诗人杨维桢更是因为不能理解不为父亲报仇，还与仇人共室的行为，特意模仿古乐府创作了《独漉篇》，以激励人们复仇：

> 古乐府《独漉篇》，为父报仇之作也。太白拟之，转为雪国耻之词。予在吴中，见有父仇不报而与之共室处者，人理之灭甚矣！为赋此词，以激立孝子之节云：
>
> 独漉独漉，恶水浊。仇家当族，孝子免污辱。孝子躯干小，勇气满九州。拔刀削中睨父仇。父仇未报，何面上父丘。漆仇头，为饮器；脔仇肉，为食㗖，头上之天才可戴。[4]

这些作品都表现出对于复仇的追慕和景仰，是对史传和小说中复仇文学的有益补充。

总之，文学作品对复仇故事的记述和对复仇精神的赞颂正是对于复仇这一行为的文学认同，体现出对真善美的追求，对孝义的弘扬，对人性光辉的礼赞。人们愿意并乐于通过文学艺术的形式弘扬复仇精神，宣扬复仇正义，这已经成为文学发展一脉相承

1 〔唐〕李白：《李太白全集》，〔清〕王琦注，中华书局，2011年，第190页。
2 〔唐〕杜甫：《杜诗镜铨》，〔清〕杨伦笺注，上海古籍出版社，2019年，第703页。
3 苏仲翔选注：《元白诗选》，上海古典文学出版社，1957年，第60页。
4 〔元〕杨维桢：《杨维桢诗集》，邹志方点校，浙江古籍出版社，1994年，第7页。

的优良传统。复仇作为文学作品中一个不能回避的母题，是元杂剧中各种复仇观念和复仇表现的文学根源，这也是文学发展具有承续性的表现。

第二节　异族统治加深了元杂剧的复仇观念

文学是时代的文学，文学创作总是会受到所处时代的政治、经济、思想、文化等诸多因素的影响，这些因素也必然会在文学作品中有所反映。作为有元一代的文学代表，除了文学发展过程中一脉相承的复仇母题，元代异族统治的独特背景也对元杂剧中的复仇文化产生了重要影响，加深了元杂剧的复仇观念。

一、政治腐败与道德沦丧

在中国古代社会，其实历朝历代都存在政治腐败的问题，但在元朝，这方面的问题出现得显然更早。早在元朝真正意义上的第一任君主忽必烈在位之时，就已经有权臣摆弄手段，排除异己，如阿合马和桑哥任人唯亲，专事搜刮，导致贿赂盛行。元成宗即位以后，曾试图以“守成”方式谋求政治安定，但腐败风气早已形成且日趋严重，已无法得到有效遏制。元仁宗之后，权臣专权的局面更是频繁出现，这些权臣为巩固、提高自己的权威，拉帮结派、卖官鬻爵、贪赃受贿，私人生活也极度奢侈腐朽。在这样的大环境下，社会风俗大坏，为官者以贪污受贿为正常行为，实与盗贼无异，自己不以为耻，旁人亦不以为怪。各方官吏索要钱财甚至都有具体名目：“属员首次参见称拜见钱，无事白要称撒花钱，贺节气称追节钱，贺生辰称生日钱，向属官分肥称常例钱，送旧迎新称人情钱，勒索犯人称赍发钱，诉讼索贿称公事钱，索得钱多称得手，得饶富州县称好地分。”[1]朝廷也知道腐败的弊端，但无法从源头解决这一问题，只是偶尔派遣中央的高级官员出外“奉使宣抚”，探查民情，问民疾苦。朝廷的出发点是好的，但这些特派的官员往往又在地方上恃权勒索，不仅达不到治理腐败的目的，反而给百姓增添了更多的负担。因此有民间歌谣讽刺这一现象：“九重丹诏颁恩至，万两黄金奉使回。”“奉使来时惊天动地，奉使去时乌天黑地，官吏都欢天喜地，百姓却啼天哭地。”“官吏黑漆皮灯笼，奉使来时添一重。”[2]

政治的腐败与官员素质低下、法制不够健全密切相关。元朝有自己独特的官员进阶途径，“凡入官者，首以宿卫近侍，次以吏业循资”。依托这种方式步入仕途的官员必然“一旦得用，如猛虎之脱栅，饥鹰之掣构”，他们“不辨贤愚，不问齿德，夤缘势援，互相梯引，有力者趋前，无力者居后……苟图俸考，争先品级，以之临政，懵无所知”，出现政治腐败是必然结果。[3]元人陆文圭曾将元代官僚大致分为三类：“便文营私，侮法以为奸，怀利以自殖，是人也，盖十之九矣；拘职而勿敢以不勤，畏义而弗敢以不廉，惧法而不敢以不谨，是人也，盖十之二三矣；若夫正大而不私，循良而有守，宽惠而能断，是人也，千百之一耳。”[4]可见多数为官者“侮法以为奸，怀利以自殖”，正是对当时腐败政治的真实写照。

政治腐败的一个明显恶果就是社会道德风尚的败坏。据《元典章》记载，当时社会上的一些流氓无赖，常“更变服色，游玩

1 范文澜：《中国通史简编》（下），天津人民出版社，2020年，第387页。

2 徐连达：《辽金元社会与民俗文化》，上海社会科学院出版社，2020年，第125页。

3 《历代名臣奏议》卷六十七《治道》引郑介夫奏议。转引自邱树森《元朝简史》，福建人民出版社，1999年，第215页。

4 〔元〕陆文圭：《送李良甫同知北上序》，《墙东类稿》卷五。转引自查洪德《元代文学通论》（上），东方出版中心，2019年，第150页。

街市，乘便生事，抢掠客人笠帽，强夺妇人首饰，奸骗良人妻女。及于娼优构阑、酒肆之家乞取酒食、钱钞，因而斗殴致伤人命；或公然结揽诸物于税司、酒务、仓库，投托计嘱，故将官吏欺凌搅扰；或诈称巡捕人员，拦截往来客旅，夺要钞物”。[1]还有一些地方富豪，“每遇官员到任，百计钻刺，或求其亲识引荐，或赂其左右吹嘘”，“街坊人民见其如此，遇有公事，无问大小，悉皆投奔嘱托关节，俗号‘猫儿头’，又曰‘定门’。贪官污吏，吞其钩饵，惟命是听，欲行即行，欲止则止”。[2]这些权臣和恶霸的存在是政治腐败的产物，同时也加剧了政治腐败的程度，造成了更严重的社会问题。

二、民族歧视与法律缺失

在以少数民族的身份完成全国统一的元朝统治者看来，维持和保障蒙古人的利益是首先要考虑的问题。为实现这一目的，他们把全国各族人民划分为四大类：蒙古人为一等，最为高贵，堪称元朝的“国族”；第二等是色目人，“色目”意为“各色各目”，即各类繁多之意，其种族统计数据不一，包括畏兀儿、“回回”、钦察、雍古歹等；第三等为汉人，主要指淮河以北原金朝统治下的汉、契丹、女真等族；第四等为南人，即原南宋统治下的汉族和其他各族。[3]不同的民族被人为地划分成了不同的等级，在政治、法律等诸多方面都享有不同的待遇，社会地位也极不平等。为突出强调汉人、南人的被统治地位，元代甚至专门针对汉人、南人

1 《元典章》卷五十七《刑部》十九“禁豪霸·札忽儿歹陈言三件”条。转引自郭英德《元杂剧与元代社会》，北京师范大学出版社，1996年，第84页。

2 《元典章》卷五十七《刑部》十九“禁豪霸·札忽儿歹陈言三件”条。转引自周良霄《元史》，上海人民出版社，2019年，第575页。

3 郭英德：《元杂剧与元代社会》，北京师范大学出版社，1996年，第132页。

制定了许多禁令，如“申严汉人军器之禁”[1]，“禁江南民挟弓矢”[2]等，巨细靡遗。这些禁令使汉人、南人毫无自由，动辄得咎，特别是使得文人儒士的身份发生了巨大的变化，从“四民之首”滑到了“九儒十丐”的地步。

南宋谢枋得《送方伯载归三山序》中记载：“滑稽之雄，以儒为戏者，曰：我大元典制，人有十等：一官、二吏，先之者，贵之也，贵之者，谓其有益于国也；七匠、八娼、九儒、十丐，后之者，贱之者，贱之者，谓其无益于国也。嗟呼！悲哉！介乎娼之下，丐之上者，今之儒也。”[3]郑振铎先生曾明确指出：“少数民族的压迫过甚，汉人的地位，视色目人且远下。所谓蛮子，是到处的时时刻刻的会被人欺迫的。即有才智之人，做了官吏的，也是位卑爵低，绝少发展的可能。”[4]这样的民族歧视政策必然导致汉人，特别是儒生们的不满。在长久以来的华夷之别的影响下，汉人一直有着极强的民族自尊心，如今却被蒙古人统治，并且从曾经的“朝为田舍郎，暮登天子堂”的受人尊敬的文人身份，沦为仅只强于乞丐的程度。更让他们难以接受的是，元代长时间地废止科举，使得他们丧失了进身之阶，没有了步入仕途的机会。所有这些现象都使得民族矛盾表现得更加尖锐和不可调和。

民族等级划分政策保障了蒙古人的政治权益，却忽略了其本身存在的一些缺陷，反而带来了更大的社会弊端。元朝统治者虽以武力占据了中原，但仍然秉持奴隶社会阶段的治理理念，做事主要依凭“约孙”（习惯法），主观草率、随意粗疏，法治观念本就极为淡薄，法制建设更是极不完善。据史书记载，元初“官吏

1 〔明〕宋濂：《元史》（上），阎崇东等校点，岳麓书社，1998年，第128页。
2 〔明〕宋濂：《元史》（上），阎崇东等校点，岳麓书社，1998年，第176页。
3 转引自唐明生《中国古代戏曲批评文体研究》，武汉大学出版社，2021年，第48页。
4 郑振铎：《插图本中国文学史》，上海人民出版社，2005年，第668页。

断事，无法可守”，即使后来政权稳定了也还是“天下所奉以行者，有例可援，无法可守”。[1]在这种情况下产生了大量冤案，“今之鞫狱者，不欲研穷磨究，务在广陈刑具，以张施厥威。或有以衷曲告诉者，辄便呵喝震怒，略不之恤。从而吏隶辈奉承上意，拷掠锻炼，靡所不至，其不置人以冤枉者鲜矣！”[2]而等级划分更使得贵贱有异，贵者享有特权是合情合理的，因此他们在相关的法制建设上常常故意设有漏洞，或者法无专条，或是用语笼统宽泛，即使对有些问题作了明文规定，在执行上也具有很强的随意性，使得法律的执行力大打折扣。《元史·刑法志》云：

> 然其弊也，南北异制，事类繁琐，挟情之吏，舞弄文法，出入比附，用谲行私，而凶顽不法之徒，又数以赦宥获免。至于西僧岁作佛事，或恣意纵囚，又售其奸宄，俾善良者喑哑而饮恨，识者病之。然则元之刑法，其得在仁厚，其失在乎缓弛而不知检也。[3]

如对“盗窃”案的处理，虽规定“初犯刺左臂，再犯刺右臂，三犯刺项”，但只针对汉人和南人，蒙古人和色目人则被排除在外。再如“杀人”罪，若是汉人和南人杀人，则要判处死刑，还要征烧埋银五十两给苦主；若是蒙古人杀死了汉人，则不必以命偿命，只要“断罚出征，并全征烧埋银”就可以了。再如彼此殴斗，汉人若伤及蒙古人，则要被处死；蒙古人若是殴打汉人，汉人则不能与之互殴，只能靠言语陈述，否则将受到严惩。[4]民族等

1 〔明〕杨士奇：《历代名臣奏议》卷六十七“治道”。转引自蒙思明《元代社会阶级制度》，上海人民出版社，2006年，第46页。

2 〔元〕陶宗仪：《南村辍耕录》，李梦生校点，上海古籍出版社，2012年，第259页。

3 〔明〕宋濂等：《元史》册九，志第五十，刑法一，中华书局，1976年，第1730页。

4 〔明〕宋濂等：《元史》册九，志第五十，刑法一，中华书局，1976年，第1730页。

级的划分使得本应公平公正的法律也有失公允，因此，元朝的政治腐败、社会混乱现象不仅没有得到有效的遏制，反而日趋严重。

三、经济掠夺与赋税剥削

与政治腐败相依存，在经济上元代的统治者也是肆意地掠夺和剥削，强占土地，推行屯田制度，使得贫苦百姓衣食无着，流离失所。如忽必烈时期的权臣阿合马，一旦发现百姓有良田，就要占为己有；其他贵族、官僚也纷纷效仿，导致土地都集中在少数豪强贵族手中。元朝政府意识到这一问题，也曾屡次下令禁止王室贵族强夺民田，但这种禁令也不过是一纸空文，完全无法推行。统治者们还垄断了其他土地和山林的使用权，不许老百姓随意打猎，将这些山林圈成了官僚和贵族们的专用猎场，若违反禁令就要“籍其家”。他们甚至不允许百姓上山砍柴，使得柴薪涨价，百姓连最基本的做饭都成了问题。当然，这个问题主要体现出了阶级之间的利益对立，与民族差异并不等同。很多汉族地主，特别是较早投降元朝的地主，不但维持了原有的经济地位，而且经济实力还得以增强，除占有大量土地，还隐占官田，霸占民田。据《元史·世祖纪》载，至元二十三年（1286），“用中书省臣言，以江南隶官之田，多为强豪所据，立营田总管府。其所据田，仍履亩计之”[1]。更有甚者，两浙地主范某“州县吏以赂，咸听驱役，由是数侵暴细民。民有珍货腴田，必夺为己有。不与，则朋结无赖，妄讼以罗织之，无不荡破家业者，凶焰铄人，人咸侧目”[2]。连皇帝也对地方上的此类事件有所耳闻，《元史·成宗纪》载元成宗铁穆耳曾询问台臣：“朕闻江南富户，侵占民田，以致贫者流离转

1 转引自吕思勉《吕思勉学术文集》，上海人民出版社，2011年，第55页。

2 转引自周良霄《元史》，上海人民出版社，2019年，第574页。

徒。卿等尝闻之否？”[1]可见当时此种事态已相当严重。

贵族和官僚地主不仅占有大量土地，还依仗种种特权，不肯承担赋役，并将其转嫁到劳动人民头上。老百姓除了要缴纳高额地租，还要负担各种课税和徭役。元代的农民主要是自耕农和佃户，其中，自耕农是赋税和差役的主要承担者，而佃户自己没有土地，要依靠租种地主的土地来维持生活，生活境况更加悲惨。他们不仅要向地主交纳一半以上的收获物，还缺乏人身自由，甚至会被地主连同土地一起出卖，乃至被地主打骂或杀死。因此，在种种经济剥削之下，平民百姓的生活往往难以为继，惨不堪言。《续文献通考·田赋考》记载：富豪之家“广占农田，恣意妄为，靡所不至。贫家乐岁终身苦，凶年不免于死亡”。[2]这必然造成贫富悬殊的社会现实，也必然导致更加尖锐的阶级矛盾。

四、思想冲突与文化融合

作为蒙古人建立的政权，元朝与之前历史上的其他朝代不同，从一开始就存在着民族差异所带来的思想和文化上的冲突。长期生活在北方大漠的蒙古人无论是文明程度还是生活习俗，都与中原地区的汉人有着巨大的差别。“元代是一个政治现实严峻的时代，文明程度较高的汉族被处于较低社会发展阶段的游牧民族征服，人们习以为常的传统信念受到空前的挑战，国破家亡的巨大痛苦，使汉族产生了（自）汉代以来最为深沉的郁闷。”[3]这种“郁闷”来自民族性格上的差异，来自民族自尊心的挫伤，更来自被动接受蛮荒民族统治而产生的压抑和痛苦。蒙古族“是一个崇尚竞争、勇敢善战的民族，他们更喜欢的是有高兴事时尽情狂欢，

1　转引自万国鼎《中国田制史》，东方出版中心，2020年，第392页。

2　转引自程千帆《元代文学史》，武汉大学出版社，2013年，第3页。

3　冯天瑜、杨华：《中国文化发展轨迹》，上海人民出版社，2000年，第262页。

有伤心事时放声长哭，无须压抑、无须造作的直率。这与礼教传统已经相当完备的中原民族确实在文化上产生了很大的冲突”。[1]就总体而言，受生活地域和生活环境、条件所限，以蒙古人为代表的草原游牧民族基本上都具有尚武外向、纵横不羁的性格特点，表现出鲜明的草原文化的特质。受这种民族性格的影响，蒙古统治者在战争中野蛮地进行杀掠。据史书记载，在攻打金国的过程中，蒙古人只用了三个月的时间，“凡破九十余郡，所过无不残灭。两河、山东数千里，人民杀戮几尽，金帛、子女、牛羊、马畜皆席卷而去，屋庐焚毁，城郭丘墟矣”[2]。这些行为给早已进入高度发展的封建社会的中原地区带来的除了社会政治秩序和经济结构上的严重破坏，更有思想和文化上的强烈冲撞。“尤其是汉族已经经历了几千年的礼乐文化的积淀，到了宋金时期已经建立了一整套完整的生活规范和伦理制度，有严格的等级秩序。在此规范下形成了汉族讲求礼仪、崇尚温和、不喜张扬等民族性格。”[3]这些性格特点正是中原农耕文化的集中体现，与蒙古人的草原游牧文化的区别是显而易见的，这种思想上的冲突也加剧了民族间的矛盾，激发了汉族人民的复仇反抗精神。

在强调文化和思想冲突的同时，我们还应该注意到在碰撞中，不同的文化也会彼此交融，这种情况在元朝社会也有所表现。有学者指出：“元代又是一个活力抒发的年代，蒙古铁骑以草原游牧民族勇猛的性格席卷南下，给汉唐以来渐趋衰老的帝国文化输入进取的因子。于是，整个社会的思想文化处于一种游牧文明与农业文明、北方文化与南方文化、雅文化与俗文化等多重交融的状态。”[4]当两种文化发生撞击时，彼此之间也必然会互相影响，蒙古

1 高益荣:《元杂剧的文化精神阐释》，中国社会科学出版社，2005年，第40页。
2 〔南宋〕李心传:《建炎以来朝野杂记》(下)，徐规点校，中华书局，2000年，第850页。
3 高益荣:《元杂剧的文化精神阐释》，中国社会科学出版社，2005年，第40—41页。
4 冯天瑜、杨华:《中国文化发展轨迹》，上海人民出版社，2000年，第262页。

人好强斗勇的性格特征，游牧民族文化中的审美趣味和价值观念，都对温恭礼让的农业文化有所渗透，使中原人民的反抗情绪得到更强烈的表达。

总之，有元一代无论在政治、经济还是法律等多方面都表现出异族统治的特点，与中原文化的冲突也始终存在，对汉人和南人的打击与压制更是贯穿始终，因此元代的武装反抗也从未断绝，民间的复仇情绪极为高涨。元杂剧中的复仇表现与这种民间的复仇情绪紧密相关，是元朝时代精神的真实反映。

第三节　民俗传统体现元杂剧复仇观念的俗文化性[1]

作为一种广为人们所接受的普遍性社会存在，民俗兼有文化意识和社会生活的双重特征，与元杂剧有着十分密切的关系。复仇作为一种原始情结，早已根植于人们心中，“君子报仇，十年不晚”“有恩报恩，有仇报仇”等复仇理念已经成为一种民俗表现。元杂剧中表现出的丰富多样的复仇观念，与诸多民俗事象相关，如民间俗信中的鬼神信仰和鬼灵崇拜、语言民俗中对誓言的重视、丧葬民俗中的鬼魂凭依等，受到一直以来流行于民间并为人们所普遍认同的民俗传统的影响，体现出鲜明的俗文化性。

一、鬼神信仰与鬼灵崇拜

鬼魂观念是自原始社会就已经存在的一种民俗信仰。民众相信鬼魂的存在，认为人的生命是由肉体和灵魂两方面组成的，肉

1　本节内容已刊发于《鞍山师范学院学报》2023年第3期，原题《元杂剧复仇观念的民俗表现》。

体的毁灭与灵魂的消失并不同步，肉体毁灭后，灵魂可以通过其他途径再次寻找到生命的出口。特别是对于非正常死亡的人来说，肉体的灭亡使得灵魂无处归依，这种冤屈需要通过复仇的形式得到解决和平复。在正常的人世中无法实现的公理和正义，通过鬼魂这种区别于肉身的独特的存在方式得以实现，这正是鬼神信仰的一种表现。

（一）鬼魂复仇具有正义性

《窦娥冤》中的窦娥因张驴儿的陷害和审案官员桃杌的昏聩而屈死，她不甘心接受这样的命运，化身为鬼魂向父亲托梦以诉冤屈：

> 【双调】【新水令】我每日哭啼啼守住望乡台，急煎煎把仇人等待，慢腾腾昏地里走，足律律旋风中来，则被这雾锁云埋，撺掇的鬼魂快。

她的这一鬼魂形象不仅出现在夜间父亲的梦里，甚至出现在白日的公堂之上，面对张驴儿的狡辩，她勇敢地现身并与之对质，力证自己的清白。张驴儿见到窦娥的鬼魂极为恐惧，吓得念出一套驱赶鬼魂的口令：“有鬼，有鬼，撮盐入水。太上老君急急如律令，敕!”但他的口令并未见效，窦娥的鬼魂不仅对他发出质问，还动手打他，并终于将其绳之以法，为自己报得大仇。

《盆儿鬼》中的杨国用被盆罐赵夫妻害死后，化为鬼魂依附在瓦盆上，被张别古带至包公面前，向其诉冤：“告你个青天老爷，替我这屈死冤魂做主。”终得以向盆罐赵复仇。《朱砂担》中的王文用被铁幡竿白正害死后，不仅当即表示“拼的向阎罗告究，着铁幡竿等候。遮莫你板门似手掌儿，也掩不得俺这叫屈的口”，而且还强调了东岳太尉是自己的证人，表明了誓要复仇的坚定信念。王文用死后果然化为鬼魂，亲自找白正索命，终于在东岳太尉的帮助下实现复仇。再如《西蜀梦》中的张飞和关羽，《生金阁》中的郭成，《神奴儿》中的神奴儿，《后庭花》中的翠鸾，《东窗事犯》中的岳飞和岳云等人，《昊天塔》中的杨继业和杨七郎等，他们都是为人所害，死后冤魂不散，或亲自寻仇索命，或请求清官相助，或寻求亲人帮助，最终都实现了复仇。他们在现实生活中都受到恶人的伤害，无法自我保护，却在死后以鬼魂的形式使自己得到公平，这种复仇情节体现出民间俗信中根深蒂固的鬼灵崇拜心理。

（二）驱鬼阻邪和镇鬼定魂的民俗传统

1.驱鬼阻邪

驱鬼阻邪的作用主要来自门神。门神即门户的守护神，早在南北朝时期就已经有贴门神的习俗："岁旦，绘二神人披甲执钺，贴于户之左右，左神荼，右郁垒，谓之门神。"[1]在民间俗信中，人们认为门神可以驱鬼阻邪，使得那些让人产生不安和恐惧的异类远离人们的生活环境。这一民间俗信在元杂剧中有很充分的表现，很多鬼魂角色都受到了门神的阻拦。

如《西蜀梦》中，张飞和关羽的鬼魂就因为门神户尉的阻拦，不能进入昔日可自由出入的皇宫。张飞之魂唱道：

【倘秀才】往常真户尉见咱当胸叉手，今日见纸判官趋前退后，元来这做鬼的比阳人不自由！立在丹墀内，不由我泪交流，不见一班儿故友。

1 〔南朝梁〕宗懔：《荆楚岁时记》，姜彦稚辑校，岳麓书社，1986年，第6页。

这段唱词唱出了身为鬼魂的“不自由”，同时也表现出门神户尉的驱鬼功用。

《生金阁》中，娄青奉包拯之命将郭成的鬼魂带至衙门，但郭成的鬼魂无法得入：

（魂子云）我过去不得。（娄青云）你为什么过去不得?（魂子云）被那门神户尉当住，我因此上过不去。（娄青云）你何不早说?（娄青见正末科，云）大人可怜见，这个没头鬼被门神户尉当住，因此上不敢过来。（正末云）是阿，大家小家，各有个门神户尉。

明白了这一情况的包拯立刻让手下“将银钱金纸快安排”，也对门神户尉提出要求，让他们将“邪魔外道当拦住，只把屈死冤魂放入来”。经过这一番安排，郭成的鬼魂才得以与包拯相见，向其诉说冤屈。

类似情况还出现在《盆儿鬼》中，杨国用的鬼魂受到门神户尉的阻拦而不能进入衙门，却轻松无碍地进入了张别古的家。这让张别古大为恼火，认为是门神没有尽到守卫门户的职责，他的这一段唱词生动地说明了人们对门神户尉的功能认知：

（正末骂门神科，云）俺骂那门神户尉去。好门神户尉也，你怎生把鬼放进来了？俺要你做甚么?（唱）

【麻郎儿】俺大年日将你帖起，供养了馓子茶食。指望你驱邪断祟，指望你看家守计。

【幺篇】呸！俺将你画的，这恶支杀样势。莫不是盹睡了门神也那户尉，两下里桃符定甚大腿!（做扯碎钟馗科）（唱）手捽了这应梦的钟馗。

可见在张别古看来，门神户尉本应具有“驱邪断祟”“看家守计”的作用，没能阻止鬼魂进入便是他们的失职了。

再如《窦娥冤》第四折中窦娥鬼魂向父亲魂告遇阻，向门神户尉乞求放入，《东窗事犯》中岳飞冤魂给高宗托梦时遇门神阻遏等，这些鬼魂都遇到了门神户尉的阻挠，充分说明了民间俗信中门神户尉具有驱鬼阻邪的作用。

2. 镇鬼定魂

镇鬼定魂的作用主要来自桃木。桃木具有御凶辟邪的特殊功用，这种信仰古来有之，在《礼记》《左传》等古代文献中皆有记载。“所谓桃符，是指用桃木削成长约二三尺、宽约四五寸的薄板，其起源与桃树是‘五木之精’能‘厌伏邪气、制百鬼’的俗信以及神荼、郁垒在桃树下执鬼喂虎的神话有关。……既然桃木本身有镇鬼辟凶的功效，人们便省去绘神的程序，径称桃木板为桃符。”[1]受此种俗信的影响，人们相信桃符是可以辟邪的。

在《后庭花》中，翠鸾不幸与母亲失散，往狮子店投宿，店小二心生歹念，意欲强逼翠鸾为妻，遭拒后将其杀害，为防鬼魂作怪，店小二便用了镇鬼定魂之法：

> （小二云）……这暴死的必定作怪。我门首定的桃符，拿一片来插在他鬓角头，将一个口袋装了，丢在这井里。

翠鸾死后果然化为鬼魂，却受到桃符的限制，痛苦不堪。她曾在与书生互通情意的“后庭花”词中表示：“……不见天边雁，相侵井底蛙。碧桃花，鬓边斜插，伴人憔悴杀。”可见桃木确实对她的鬼魂起到了镇压的作用。

1　完颜绍元编著：《中国风俗之谜》，上海辞书出版社，2002年，第8—9页。

（三）鬼魂复仇得到外援支持

在元杂剧各种鬼魂复仇的过程中，他们几乎无一例外地得到了外援者的帮助和支持。这个外援者可能是清正廉明的官员，如《冯玉兰》中屈死的冯太守向金御史控诉冤屈，得到了他的帮助，实现复仇；《生金阁》中郭成的鬼魂向包拯告状，得其相助，实现复仇。可能是与鬼魂具有某种关联的人，如《窦娥冤》中窦娥的鬼魂向自己的父亲窦天章说明真相，冤仇得雪；《盆儿鬼》中的杨国用与张别古本不相识，但他的鬼魂依附在盆罐赵给张别古的瓦盆上，因此得到张别古的帮助，得以向包公告状，向盆罐赵夫妻复仇；《神奴儿》中的神奴儿鬼魂得到自家老院公的帮助，在包拯的审理下得以复仇。

有的鬼魂甚至会因其复仇的正义性而得到神灵相助，如《朱砂担》中王文用被白正谋财害命，死前发誓报仇，并指“太尉爷爷是证见”，其死后果然冤魂不散，要找白正索命复仇，并请求东岳太尉为其做主：

> 我记的临死时曾指滴水浮沤为证。我如今冤魂不散，少不的和你索命。太尉爷爷，你是个掌生死的活神道，须与我屈死的王文用做主咱。（做拜科）（唱）
>
> 【折桂令】我忙合手顶礼神祇，现掌着死生文簿，何曾错善恶毫厘。（做再拜科）（云）太尉爷爷，（唱）你怎不怜见我屈死的冤魂？放过了他行凶的泼贼，待强夺了俺无主的娇妻。我亲指着滴檐前浮沤为记，难道你坐殿上神圣无知？（做再拜科）（唱）只愿你检验轮回，速显灵威，将那厮直押送十八层地狱阿鼻，才见的你百千年天性忠直。

最终东岳太尉果然在阴间为其主持了正义，使白正得到了应有的报应。

《盆儿鬼》中杨国用屈死，盆罐赵夫妻供奉的窑神也为其鸣不平，现身教训盆罐赵夫妻：

【二煞】你背地里去劫夺人，也防人要侵害我。岂不怕神明报应无差错，休看的打家截道寻常事，你则想地狱天堂为甚么？运到也难逃躲，直待要高悬剑树，又下油锅。

正是因为死得冤屈不能瞑目，受害者才变为鬼魂向害人者寻仇，这样的复仇要求理应得到支持和帮助，这也充分体现了民间俗信中鬼魂复仇的正义性。

二、丧葬民俗与语言民俗

丧葬民俗在中国古代有着悠久的历史，受死后有灵观念的影响，人们对于死亡存有敬畏心理，“事死如生”“死生同质”等观念普遍存在于民间，是灵魂崇拜观念的产物。丧葬民俗在诸多方面都有所表现，如对坟墓、尸首、随葬物品等的保护和敬重正是丧葬文化的部分外化表现，对尸首和坟墓的伤害是对死去之人的极度不尊重，也是活着的人无法忍受的侮辱。如元杂剧《昊天塔》中，在杨继业和杨七郎战死之后，他们的尸首不能入土为安，反而被挂在城门日日遭受乱箭射击，这种遭遇让杨继业和杨七郎的鬼魂无处归依，因此他们向杨六郎托梦，要求他夺回尸体，为他们复仇，这也是杨六郎和杨五郎坚持为父亲和兄弟复仇的根本原因。

不只如此，受到复仇泄愤的情感支配，人们为实现复仇不惜使用各种手段，可谓无所不用其极，不惜用最恶毒的手段来对付恶人。“正是基于强烈的惩恶心理与近乎疯狂的复仇冲动，人们以践踏先前被视为神圣的东西为快。……恶人之死并不意味着正义的全胜，似乎只有将恶人尸体也弄得一个极悲惨的下场，才给善良的受害者一种应有的补偿，还给其一个公道。”[1]通过对仇人尸体的伤害，复仇者可以进一步品味胜利的荣耀和自豪，使内心得到更深层次的安慰。《伍员吹箫》剧中对这种民俗文化有很充分的表现。伍子胥为复家仇隐忍十八年，到最后终于可以报仇雪恨之时，其复仇的主要对象楚平王已死，尽管如此，他的仇恨并未消除，仍要对其刑尸泄愤：“只可惜楚平公已死，可将他坟墓掘开，取出尸首，待我亲鞭三百，以报父兄之仇。”伍子胥罔顾“入土为安”的丧葬民俗，对死者掘墓鞭尸，使其在死了之后还要受到伤害，充分体现出伍子胥复仇的坚决意志和对楚平王的怨怒之情。另一部元杂剧《豫让吞炭》中也有对这一民俗的表现，赵襄子杀死智伯后用他的头颅作为漆器，不仅伤害了智伯的尸体，甚至取其尸体中最为重要的部分——头颅，充当最为污秽的物件，这一行为也充分表现出他对智伯的怨恨。

不仅死者的尸首和坟墓，包括其穿过的衣服和用过的物品，也通常是受到保护的。因此，对这些相关物品的伤害也具有使已死之人再次受伤的民俗意义。屈原的《招魂》向我们说明了早在战国时期人们就相信死人穿过的衣服或用过的东西等物品具有承招魂灵的功能，[2]甚至可以通过对这些物品的损毁来达到伤害死者的目的。据记载，元代有一种叫作“射草狗”的习俗，朝中的达官显贵们在年终岁尾箭射用草扎成的草人、草狗，并以羊酒祭之；

1　王立：《中国古代复仇文学主题》，东北师范大学出版社，1998年，第408—409页。

2　对于屈原《招魂》的主题理解虽然多样，如究竟是招何人之魂，招生魂还是死魂等，但死者的衣物和用过的物品可以招魂这一观点还是被普遍认同的。

祭礼结束后，从皇帝皇后到太子嫔妃及射箭者，都将自身的衣服脱下，使巫觋祝赞，这种活动被称为“脱灾”。元代还有“烧羊毛线”的习俗，也是一种脱灾求福的活动。帝后等皇室成员将全身从头到脚用羊毛线缠系，由蒙古巫觋念咒语，用烟熏身体，将羊毛线烧断，将红帛撕成碎片，吐三次口水之后投于火中，再将身上所穿戴的衣帽等物件交给巫觋。[1]可见在元代习俗中，衣服仍具有替代人物魂灵的象征意义。《豫让吞炭》中，豫让几次复仇失败，最终以赵襄子的衣服作为替代，斩衣复仇，这一行为即表现出对这一象征意义的认同。

除了丧葬民俗，元杂剧中也有关于语言民俗的表现，主要表现在誓言应验上。人们相信语言是具有约束力的，这种民俗甚至可称为语言崇拜，或语言灵物崇拜，“认为语言能够给人带来福祉也可以带来灾难，因而希望通过语言来沟通人与自然的关系，通过对语言的禁忌和崇拜，来规避自然对人的祸害，祈求自然给人带来福利”[2]。因此，许下誓言就要实现，如违背誓言就一定会受到相应的惩罚；对含冤者而言，如果其许下的誓言应验，也就证明了其清白。《窦娥冤》中的窦娥在临刑前许下三桩誓愿：血溅白练、六月飞雪、亢旱三年，坚信“那其间才把你个屈死的冤魂这窦娥显”，自己的冤屈一定能够得到昭雪。这些誓言在她死后果然一一应验，也从民俗的角度证明了她的无辜及她复仇的合理性。《朱砂担》中的王文用面对白正的迫害，也在东岳太尉的庙里许下誓言，果然后来他冤魂不散，并在东岳太尉的帮助下向白正复仇，誓言也得以成真。尽管已经死而为鬼，但因许下的誓言得到印证，也同样证明了自己的清白，体现出他们要求复仇是具有正义性的。

1 徐连达：《辽金元社会与民俗文化》，上海社会科学院出版社，2020年，第161页。
2 张令千：《语言信息控制论》，九州出版社，2019年，第51页。

三、占卜民俗与梦兆民俗

卜卦也是民间俗信的一种，是早期原始社会的信仰遗存之一。这一民俗在元杂剧的复仇相关剧目中也有所表现，如《盆儿鬼》中，杨国用在街上遇到打卦先生，算了一卦之后，他的命运就发生了改变：

> 今蚤到长街市上，本意寻个相识，合火去做买卖，营运生理。遇着一个打卦先生，叫做贾半仙，人都说他灵验的紧。只得割舍一分银子，也去算一卦。那先生刚打的卦下，便叫道："怪哉怪哉，此卦注定一百日内有血光之灾，只怕躲不过去。"我问道："半仙，你再与我一算，看可还有什么解处？"那先生把算子又拨上几拨，说道："只除离家千里之外，或者可躲。"我待要走，他又唤转来说道："这一百日之期，一日不满，一日不可回来。切记！切记！"我因此心下慌张，只得到我表弟赵客家借了五两银子，置些杂货，就躲灾避难去。恰好今日是个好日辰，回家辞过父亲，便索长行也。

杨国用事先探知了自己的命运，希望通过主观行动来躲过灾祸，可最终还是为盆罐赵所害，命丧人手，与问卦得到的结果完全吻合。这是复仇故事发展的一个必要前提，表现出主人公对自己命运的不甘心和主观躲避，更表现出恶人行为的不可原谅，因此其鬼魂的复仇就具有了绝对意义上的合理性。再如《朱砂担》《生金阁》等，也都采用了这样的情节模式。这一民俗表现出古人对预言的盲目崇信和对自身命运不可把握的恐惧，而故事的发展也往往与占卜的结果一致，更加强化了命运天定的民俗观念。

梦对古人来说是一种神秘的存在，人们相信梦是神的指引，是具有预言性的，并且对其无比崇信。“在梦兆信仰的社会环境中，梦对梦者本人的心理和行为必定产生作用和影响。特别是噩梦，对个人心理产生很大的压力，严重影响身心健康。”[1]在元杂剧的很多复仇剧目中都有梦兆的情节，如《朱砂担》中，王文用为躲血光之灾远避异地，返乡途中做了一个“恶梦”：

（做睡、打梦科）（云）王文用也，甚睡儿到的我这眼里？我开开这门，我来这里下了两遭，倒不曾细看。可怎生这里有一个小角门儿？我开开这门，元来是一所花园。是好花也。（唱）

【醉中天】我则见牡丹花堪人赏宜人敬，可人意动人情。又则见青芍药、白蔷薇、红锦樱，又则见紫纹桃间着那黄花杏。（云）是好花也，我待折一朵儿咱。（唱）不由我心中自警，百般的把拿不定。（云）这所在也无人，我便折一朵儿，怕做什么？（做惊科）（唱）呀，可怎生扑簌簌枝叶凋零？

（净扮邦老闪上，做意科）（正末唱）

【后庭花】则听的擦擦的鞋底鸣，丕丕的大步行，好教我便扢扢的牙根斗，（邦老靠正末科）（正末唱）觉一阵渗渗的身上冷。（邦老做揪住正末科）（正末唱）猛见个黑妖精，似和人寻争觅竞。这堝儿里无动静，昏惨惨月半明，莫不要亏图咱性命？骨碌碌怪眼睁，早諕的咱先直挺。

【青歌儿】天也！好着我又不敢问他、问他名姓，早则是打了个浑身痴挣。（做杀正末，打推下）（正末做醒

1 陈筱芳:《春秋梦兆信仰》,《西南民族大学学报（人文社科版）》，2007年第5期。

科，云）有杀人贼也，呸!（唱）我恰才哄的觉来忽的醒。（云）好个恶梦也。

这个“恶梦”正是他不幸命运的先兆，再怎样努力也无法摆脱掉。如此这般的梦兆情节在《盆儿鬼》《冯玉兰》《魔合罗》等元杂剧中都有同样的表现，反映出民俗文化中的命定观念。

与梦相关的另一民俗表现即托梦情节。鬼魂往往通过托梦的方式向亲人告知自己的情况，请求帮助，这一情节与鬼神信仰多有重合，在涉及鬼魂的元杂剧中频繁出现。如《西蜀梦》中张飞和关羽的鬼魂向刘备托梦，《昊天塔》中杨继业和杨七郎的鬼魂向杨六郎托梦，《窦娥冤》中窦娥的冤魂向父亲窦天章托梦，等等。鬼魂虽具有一定的超出凡人的特殊能力，但终究不是正常的存在，也不是人生的终极依归。他们想要让冤屈得到平复，仍然需要外力的帮助，因此总是会首先在梦境中向帮助他们的复仇者表明情由，这也成为鬼魂复仇的一个重要步骤。

在元杂剧中我们也看到，“梦”的作用不仅体现在鬼魂复仇的前期预告之上，梦境还可以帮助解决在实现复仇的过程中遇到的难题。如《蝴蝶梦》中，包拯正是通过梦境领会到王氏及其三个儿子的可怜境况，并想到以盗马贼赵顽驴代之偿命的办法；《窦娥冤》中，窦天章本不想重新审理窦娥一案，后窦娥在梦中与父亲相见，诉明冤屈，其才出手帮助女儿复仇，冤情也才得以昭雪，并得以实现复仇；《绯衣梦》中的钱可也是通过李庆安的梦中呓语“非衣两把火，杀人贼是我。赶的无处藏，走在井底躲”而推断出真正的凶手乃是裴炎，使李庆安免于冤死；等等，这些情节都不同程度地体现出“梦”对于复仇的作用。

综上所述，元杂剧的复仇相关剧目中表现出丰富的民俗事象，这些民俗事象又与复仇观念密切关联。通过对元杂剧复仇相关剧目中民俗传统的分析，可见出其中的鬼神信仰与鬼灵崇拜、丧葬民俗与语言民俗、占卜民俗与梦兆民俗等民间俗信中包含着强烈的复仇思想，而且，借助民俗表现出的复仇观念带有俗文化性，更加贴近民众的生活，更容易得到观众的认可和接受。

第四节　观众趣味激发元杂剧复仇观念的张扬[1]

戏剧不能脱离观众（审美主体）而存在，没有观众，就没有戏剧，观众是戏剧赖以生存和发展的基本要素。不管是什么样的戏剧作品，写出来总是为了给观众看的，戏剧的传播是作者、演员和观众共同作用的过程。这个过程不仅使戏剧作品得以流传，更重要的是，观众的参与还促进了戏剧作品本身的完善。“剧本成功与否，观众是最具有发言权的。如果说作家的创作主要以个体方式进行的话，那么观众进行的是二度创作，是一种群体性的审美活动。一部优秀的作品之所以能脍炙人口、流传不绝，观众是主要的接受者、推动者和传播者。”[2]因此，在影响元杂剧复仇观念的诸因素中，观众也是不能忽视的一个。元杂剧中存在大量反映复仇思想的剧目，这本身就说明了具备复仇情节和复仇观念的故事是观众所喜爱的题材。这是观众在戏剧欣赏中追求新奇的表现，通过观赏戏剧来满足情感宣泄的需求。同时，复仇行为的最终实现也体现出儒家文化的“中和”思想和民族风俗中的“尚圆习俗”，使得观众在观赏过程中收获了心理愉悦和情感慰藉。

1　本节内容已刊发于《吉林艺术学院学报》2017年第1期，原题《论观众的欣赏趣味对元杂剧复仇观念的张扬》。

2　刘丽萍：《元杂剧观众研究探微——以元杂剧“科诨”为视角》，《江苏社会科学》，2006年第A2期。

一、对“传奇性”的追求

追求“新奇”是人们普遍具有的一种心理特点，也是审美过程中常见的一种心理状态。中国的文学和艺术向来重视“奇”这一艺术性，戏剧的创作尤其如此，明清时期的戏曲甚至专称“传奇”，更可见“奇”对于戏曲艺术的重要意义。赵山林先生在《中国戏曲观众学》一书中曾专门谈论过戏剧的“审美注意”，他认为“审美注意是审美过程中最重要的心理机制。注意就是人的各种心理活动的指向性与集中性，如果没有注意，审美活动就无法进行”[1]。同时他还指出：“作为审美的心理活动，注意与兴趣有着密切的关系。兴趣是客体的某些特征引起审美主体注意的结果，注意是客体的某些特征使主体发生兴趣的前提。但二者又是互为因果的。不注意固然不会发生兴趣，而不使人感觉兴趣的东西，人们也不会长久地注意它。”[2]而对于使观众产生兴趣、引起观众注意的具体方法，他认为，首先应该具备的因素就是“要有夹杂着熟悉感、亲切感的陌生感、新奇感”[3]。

王充《论衡·艺增》说：“俗人好奇。不奇，言不用也。故誉人不增其美，则闻者不快其意；毁人不益其恶，其听者不惬于心。”[4]钟嗣成在《录鬼簿》中称杂剧作家是“有所编传奇行于世者”[5]。陶宗仪《南村辍耕录》有“杂剧曲名”一节，却说“稗官废而传奇作，传奇作而戏曲继”[6]，仍称杂剧为传奇。综上可见，元杂剧的“传奇性”早已植根于人心，是吸引观众的一个重要原因。

---

1 赵山林：《中国戏曲观众学》，华东师范大学出版社，1990年，第189页。

2 赵山林：《中国戏曲观众学》，华东师范大学出版社，1990年，第190页。

3 赵山林：《中国戏曲观众学》，华东师范大学出版社，1990年，第191页。

4 张宗祥：《论衡校注》，郑绍昌标点，上海古籍出版社，2010年，第85页。

5 〔元〕钟嗣成、〔元〕贾仲明：《新校录鬼簿正续编》，浦汉明校，巴蜀书社，1996年，第49页。

6 〔元〕陶宗仪：《南村辍耕录》，李梦生校点，上海古籍出版社，2012年，第297页。

表现复仇内容的元杂剧对于“新奇”表现出了更加强烈的追求，这种追求主要体现在以下两个方面：

首先，表现在人物形象的塑造上。大量复仇者和帮助苦主实现复仇的人，都表现出与众不同的特异之处。如《生金阁》中的郭成，《盆儿鬼》中的杨国用，《神奴儿》中的神奴儿，《窦娥冤》中的窦娥，《朱砂担》中的王文用，《东窗事犯》中的岳飞，《西蜀梦》中的张飞和关羽，《昊天塔》中的杨令公和杨七郎等，都以鬼魂的形象出现过。帮助复仇者主持公道、实现复仇的包拯虽活在人世，却和其他神灵诸如《盆儿鬼》中的窑神、《朱砂担》中的东岳太尉、《东窗事犯》中的地藏王一样，“日断阳，夜断阴”，对堂下马前的鬼魂们“别人不见，老夫便见”，拥有超越普通人的神异能力，表现出浓郁的传奇色彩。

其次，表现在情节结构的设计上。元杂剧通过离奇曲折的情节安排，体现出富有传奇性的艺术效果。以关汉卿的《窦娥冤》为例，正是剧中一系列的偶然事件构成了情节的奇异色彩，推动了戏剧的发展。窦娥七岁被卖给蔡家当童养媳而与亲生父亲分离，不想丈夫又病逝，自此与婆婆相依为命。她谨慎持重、尽孝守道，却因婆婆误交而被张驴儿逼婚。张驴儿想害死蔡婆婆后再霸占窦娥，没想到却害死了自己的父亲。张驴儿以此嫁祸窦娥，逼窦娥顺从于己，窦娥坚决不从，与之见官，却被屈打成招，含冤而死。她临死之前发下的与常理相悖的“三桩誓愿”，在她死之后一一应验。原本以为此事到此终结，没想到前来视察的官员竟是窦娥多年未见的亲生父亲，她怨恨难平，化为鬼魂，将冤屈向父亲说明，最终冤案昭雪。这一复仇故事的发展过程中出现种种转折，誓言应验、鬼魂诉冤等情节的安排更增添了故事的传奇性色彩，观众的注意力被紧紧吸引。

再如纪君祥的《赵氏孤儿》，赵家为屠岸贾所害，惨遭灭门，只留下唯一的赵氏孤儿。这个孩子的命运与公主、程婴、韩厥、公孙杵臼乃至屠岸贾都息息相关，屠岸贾为除掉婴儿想尽办法，程婴、韩厥、公孙杵臼为了保全这个婴儿也做出了巨大的牺牲：屠岸贾的全城屠婴，韩厥的义放程婴与拔剑自刎，程婴的舍弃亲儿，公孙杵臼的触阶而亡……一系列情节的安排紧锣密鼓，使得孤儿的命运一直悬而不决，吊足了观众的胃口。孤儿终于得保性命之后，却又成了屠岸贾的义儿，二十年的父子之情让观众无法不担心复仇能否实现。最终程婴将实情告知孤儿，孤儿毫不迟疑地表示要为赵家复仇，终于在国君的支持下得报大仇。

这类复仇故事久演不衰，受到观众的普遍喜爱，与其充满离奇色彩的情节结构是分不开的。“传奇性符合观众的审美意识，能为观众所接受，所以戏曲的传奇性越来越显得重要，成为戏曲的一个美学追求。”[1]人们常说“无巧不成书”，剧本把生活中的意外、偶然集中到一个狭小的地点、人物范围内予以展现，因此表现出不同寻常的传奇性。

二、宣泄情感的观赏需求

宣泄是人类最原始、最普通的心理需求，是审美的基层形态，通过对被压抑的欲望、本能和情绪的宣泄和释放，人的紧张状态得以缓解，从而产生精神上的满足与愉悦。

文学艺术具有情感宣泄作用，对于这一点，中西方有着相似的价值认知。如亚里士多德认为，悲剧的作用是激起怜悯和恐惧，从而导致这些情绪的净化，这种“净化”就是通过“宣泄”使过于强烈的情绪得到减轻、缓和，最终实现心境的平静。我国古代更是一直存在强调这种作用的观点，如管仲认为“止怒莫若诗”，

1　唐湘芸：《观众审美意识与戏曲审美价值的实现——兼谈现代戏曲的改革与途径》，《艺术百家》，2003年第1期。

孔子指出“诗可以怨”。而白居易更是直接谈到诗歌的重要价值就在于可以“补察时政，泄导人情”，甚至将文学艺术的情感宣泄作用与国家的兴衰、政治的明暗、民生的苦乐联系在一起，对文艺这种功能的重视程度可见一斑。

就宣泄情感的媒介来看，戏曲显然是最有价值的一种，其丰富多样的情节内容和鲜活生动的表现方式，很容易让观众在感同身受的观赏过程中与剧中角色达成情感共通。元杂剧的观众主要是平民，“他们或者生活十分清苦，或在政治上遭到各种歧视和压迫，由此而引起的愤懑、不满和苦闷，当然会要求在杂剧舞台上表现出来，找到寄托”[1]。作为人类社会广受认同的情感诉求之一，复仇对于人们来说具有毋庸置疑的正义性。元杂剧中的复仇故事多来自最为平常的现实生活，或者观众所熟悉和了解的历史故事和民间传说，这更增强了观众对其中包蕴的复仇情感的理解和认可。观看元杂剧的观众尽管层次多样，但绝大多数是民间观众，来自社会的底层，元代异族统治的严苛和社会生活中的种种压制与打击，使得这些观众始终处在压抑的情感状态之中，他们在现实生活中求而不得的公平待遇在表现复仇故事的元杂剧中得到了充分展现。因此，他们在观赏元杂剧的过程中，通过体会剧中人物的命运起伏、喜怒哀乐，负面情绪得到了宣泄，从而缓解了现实生活中的压力和痛苦。

在表现复仇故事的元杂剧中，主人公通常都是老实本分的市井小民，他们为了维持生计艰难地生存，与人无害，甚至一味隐忍，只希望能够安然度日。这不仅是杂剧中主人公们的愿望，也是普通观众的心声。可就是这样的一些人，却要受到无情的欺压和打击，甚至被谋财害命，这样的惨痛遭遇，无法不激起人们的

1 张庚、郭汉城主编:《中国戏曲通史》(上)，文化艺术出版社，2014年，第81页。

愤慨之情。如《生金阁》中的郭成，只是一介文弱书生，为谋得一个官职，将祖传宝物“生金阁”献与庞衙内，没想到庞衙内不仅霸占了他的“生金阁”，还要强夺其妻子李幼奴，甚至将郭成杀死；《陈州粜米》中的张撇古，只因看不惯小衙内和杨金吾徇私舞弊、中饱私囊，与之争论了几句，就被他们用紫金锤打死；《鲁斋郎》中李四的老婆被鲁斋郎看上便拖走，张珪的老婆被看上了，张珪还得亲自给送过去；《蝴蝶梦》中的王老汉，被葛彪骑马撞上，葛彪还二话不说将其打死；《合汗衫》中的张孝友一家好心救了陈虎的命，陈虎却恩将仇报，杀兄夺妻；《盆儿鬼》中的杨国用和《朱砂担》中的王文用，为躲避血光之灾而远赴他乡，都是只求自保的小生意人，却被贪财的盆罐赵夫妻和白正害死……这些人都是普普通通的平民百姓，却被权豪势要和流氓恶霸肆意伤害。观众在观赏戏剧时，看到他们的悲惨遭遇和不可改变的苦难命运，也体验到自身生活的无限悲凉，在情感上生出深挚的同情和理解。而那群趾高气扬、无所畏惧的恶人，最终因为受害人得到清官、豪侠或是神灵的帮助，而得以伏法，受害人也得以实现复仇。这样的情节安排使得观众在感同身受的过程中看到了希望，也使得他们在现实生活中无法宣泄的压抑情感，在反映复仇题材的元杂剧中得到了纾解。

三、爱憎分明的情感指向

赵山林先生指出：“民间观众的感情倾向，作家和演员的感情倾向，决定了中国戏曲从一开始就有着善善恶恶、爱憎分明的感情特色。而善善恶恶、爱憎分明的中国戏曲，特别是民间戏曲，又反过来熏陶、造就了一代又一代善善恶恶、爱憎分明的观众。”[1]在这样一种“善善恶恶、爱憎分明”的情感指引下，观众无法接

1 赵山林：《中国戏曲观众学》，华东师范大学出版社，1990年，第175页。

受好人遭遇厄运、坏人逍遥法外的故事结局，他们要求无论经历怎样的曲折过程，最终都要使善者恶人各得其所，只有这样才能使随着情节变化不断激荡的心情达到平衡，得到正义战胜邪恶的心理满足。这种观赏心态正是中国传统文化中“中和”观念的表现，也已经成为一种深厚的文化心理结构。

在表现复仇故事的元杂剧中，总是好人受到恶人的伤害。如《合汗衫》中的张孝友，不仅救了陈虎的命，还将其认作义弟，留在家中，不料却为陈虎所害，父母流落乞讨，张孝友寺中藏身，李玉娥隐忍度日；《冯玉兰》中的冯太守，诚意邀请屠世隆饮酒，并将家人介绍与之见面，却因此被屠世隆抢妻杀身。在以历史故事为题材的元杂剧中，这种情况表现得更加突出。《昊天塔》中的杨令公和杨七郎，为国尽忠，战死沙场，却不能入土为安，反而被箭射尸身；《谢金吾》中守疆护土的杨六郎，却要受到王枢密和谢金吾的蓄意陷害，险被处死；《东窗事犯》中的岳飞，赤胆忠心，浴血疆场，却被奸贼秦桧陷害，冤死狱中；《伍员吹箫》中的伍子胥一家，忠心耿耿，功劳卓著，却因费无忌的谗言而被满门抄斩……这样的故事设置正像窦娥所控诉的那样：“为善的受贫穷更命短，造恶的享富贵又寿延。”这无疑是对千百年来广为人们所接受的道德伦理的挑战，不符合观众“喜善疾恶，爱憎分明”的心理定势。因此，对“善”的追求和对正义的向往，使得观众在观赏过程中期待被伤害的一方能举起复仇的旗帜，讨回应得的公平。于是戏剧中，张孝友之子长大后将陈虎杀死，为父复仇；冯玉兰在金御史的帮助下使屠世隆伏法，为亲报仇；杨六郎和杨五郎兄弟将韩延寿打死，为父报仇；岳飞虽已是一缕冤魂，却依然得以向秦桧索命复仇……正是观众这种具有浓厚伦理色彩的观赏趣味激发了元杂剧中的复仇表现。有学者指出：“在民族传统文化心理的深深浸润之下，传承至今的戏曲艺术不但积淀下深厚的文化底蕴，而且也孕育出具有独特审美趣味的中国观众。这种独特趣味，就是要求戏曲在内容上能容纳和满足观众善恶分明的道德感，在形式上能契合观众情感化的心理程式。伦理化的情感满足作为民族审美心理结构中的关键一环，已成为最基本的大众审美诉求。”“可以说，一出戏如果没有泾渭分明的道德评判，中国观众就不能对它展开正常的审美情感活动。”[1]

总之，从接受美学的角度来看，观众的审美喜好和欣赏趣味对于艺术作品的传播具有取向性的重要作用，对元杂剧的传播也是如此。元杂剧中的复仇内容，以及观众对复仇情节和复仇故事的热爱，是复仇文化作用的结果，同时也是观众观赏杂剧作品心理定势的必然反映。

1　张朝霞：《新时期戏曲观众审美心理探析》，《现代传播：北京广播学院学报》，2001年第2期。

第四章

元杂剧的复仇文化渊源

早在原始社会时期，复仇心态已普遍存在，“报复的情欲为最古的人类精神之一。它延伸它的根苗于自卫的本能之中，和在反抗打击的需要之中”[1]。但此时的复仇更多是人的直接反应，被视作人类的一种天性。之后在儒家文化的熏染和渗透下，原始的复仇心理上升到了伦理高度，复仇文化得到了强化和固化。同时，我国极为发达的史官文化也对复仇给予了高度的赞颂，使复仇思想更加深入人心，甚至在与法律制度的冲突中也屡占上风。以上这些方面共同构成了元杂剧复仇文化的渊源。

第一节　原始时期的复仇情结

复仇行为早在原始社会阶段就已普遍存在，并被人们普遍接受。恩格斯指出，同氏族人必须相互援助、保护，特别是在受到外族人伤害时，要帮助复仇。建立在血缘关系上的氏族十分强调这一点，因为个人要依靠氏族来保护自己的安全，伤害个人就等于伤害整个氏族。于是，从氏族的血族关系中自然产生了血族复仇的义务，这种义务在氏族成员之间是被绝对承认的。[2]它根源于

1 ［法］拉发格：《思想起源论》，刘初鸣译，上海社会科学院出版社，2017年，第156页。

2 于沛霖：《恩格斯法律思想研究》，辽宁师范大学出版社，2007年，第189页。

原始人心中以暴抗暴的正义性，是一种原始生态环境下的公平，同时又是一种以极端性方式为特征的人类自然法则的体现。瞿同祖先生在《中国法律与中国社会》中指出："在家族为社会单位，个人完全隶属于家族的时代……每一个族人为保护自己及其族人而战斗……常因此而演成家与家间、族与族间的大规模的械斗。"[1]瞿先生认为：

> 被伤害人可以去寻找他的仇人与以同样的伤害。社会上承认他报复的权利，即使他自己报不了仇，他的仇人的生命也有同样的危险。他的家属和他的族人都有为他报仇的义务……个人的伤害无异于全族的伤害，个人的仇人即等于全族的仇人，所以扩大为一种联合的责任，以联合的力量去寻求报复。……报仇可说是一种神圣的义务。[2]

人类最早的复仇现象多为血族复仇："复仇之风，初皆起于部落之相报，虽非天下为公之义，犹有亲亲之道存焉。"[3]在原始人看来，复仇带有"集体"性质，受"死后有灵"的神秘观念的支配，人们坚信惨遭横死之人所属的部落或氏族的其他成员都担负着复仇的神圣使命。本族人被外族人杀死，如果不复仇，整个氏族的成员都会感到耻辱，感到愧对横死者和氏族内已死的先人。在这种情况下，一方面，复仇这种"平不平"的行为被认为是天经地义的；另一方面，"以血还血"的信念又强化了部落或氏族的群体意识，并在这种意识支配下建构起了复仇伦理。人类社会是从情

1　瞿同祖：《中国法律与中国社会》，商务印书馆，2010年，第79页。

2　瞿同祖：《中国法律与中国社会》，商务印书馆，2010年，第78—79页。

3　吕思勉：《读史札记》，译林出版社，2016年，第332页。

感激烈的非理性年代向情感抑制的理智年代逐渐发展的，因此表现愤怒情绪的复仇行为往往饱含激情和勇气，在早期情感激烈的年代里被看成是理所应当的。原始社会的血族复仇是保证氏族生存和安全的重要手段，这种观念和传统逐渐地沉淀到人类的天性之中，代代相传。拉发格认为，原始人的复仇有凝聚部落群体的巨大心理功能，“对于一个野蛮人所加的侮辱，总是为其全体氏族所感觉，好像他成为了各个成员的侮辱一般。流了一个野蛮的人血，就是倾了他的全氏族的血；它的一切成员都负有复仇的义务。复仇是集体的，正如婚姻和财产一样”[1]。拉发格还指出正义思想的起源是报复的渴望和平等的感情，“野蛮人朴直的和平等的精神，引他走到了报复刑的地步”。[2]摩尔根也指出：

> 自从有谋杀这种罪行，就有亲属报仇来对这种罪行进行惩罚。……但是，杀人者和被杀者双方的氏族在采取非常手段以前，双方氏族的成员有责任就此罪行分别举行会议，为给予杀人犯的行为从宽处理而提出一些条件，经常采取的方法是赔偿相当价值的礼物并且道歉。假如罪行有辩护的理由或者具备减轻罪行的条件，调解一般能够达成协议；但是如果被杀者氏族中的亲属不肯和解，那就要由本氏族从成员中指派一个或多个复仇者，他们负责追杀该杀人犯，直到发现了他并就地杀死了他才算了结。假如他们完成了这一报仇行为，被报仇一方的氏族中任何成员没有任何为此愤愤不平的理由。杀人者偿命以后，公正的要求就得到了满足。[3]

---

1 ［法］拉发格：《思想起源论》，刘初鸣译，上海社会科学院出版社，2017年，第166页。

2 ［法］拉发格：《思想起源论》，刘初鸣译，上海社会科学院出版社，2017年，第196页。

3 ［美］路易斯·亨利·摩尔根：《古代社会》，杨东莼等译，中央编译出版社，2007年，第55页。

可见复仇情结是远古时代遗留下来的深层文化积存，有着深远的人类学背景，在世界各地具有一致性。在美洲，“红种人如有血仇未报，便会日夜感到烈火烧心，他们将亲属被杀、民族成员被杀的记忆父子相传，即使是老妇人也不例外”[1]；“在易洛魁人以及其他一般的印第安部落当中，为一个被杀害的亲属复仇是一项公认的义务”[2]。在亚洲，《海槎余录》称：“黎人善射好斗，积世之仇必报。每会亲朋，各席地而坐。饮酣，顾梁上弓矢，遂奋报仇之志，而众论称焉。”[3]非洲的卡伊族人觉得，“死者的魂要求报仇；假如他的死得不到报复，他的亲人们就要受到惩罚”[4]；而达雅克人“也面临着一种非此即彼的抉择：要么他从为死者而采取的进军中带回一个或几个人的头颅；要么他就面临着遭受死者的报复，这报复不仅是对他一个人，而且是对他的亲人们和他的整个集体”[5]。王献唐先生在《炎黄氏族文化考》中也指出了原始血族复仇对藏人（炎族后代）的影响：

> 即本族之间，其仇杀之风亦甚盛。凡同村中有一人为他村所杀，则全村人皆须为之报仇，遇他村人即杀之，不问其是否仇家及与凶手有无关系也。如此辗转仇杀，非有人和解，或历数百人不休。此仇杀之风亦自原始俱来，愤黄族之侵陵，蓄志报复，根性相继，数千年后，仍存本族。凡能报复者，皆有特殊光荣，本族中自当尊

---

1 ［法］拉发格：《思想起源论》，刘初鸣译，上海社会科学院出版社，2017年，第157页。

2 ［美］路易斯·亨利·摩尔根：《古代社会》，杨东莼等译，中国编译出版社，2007年，第55页。

3 〔北宋〕王存等编撰：《地理志·海南（六种）》，唐启翠等点校，海南出版社，2006年，第545页。

4 ［法］列维·布留尔：《原始思维》，丁由译，商务印书馆，2017年，第450页。

5 ［法］列维·布留尔：《原始思维》，丁由译，商务印书馆，2017年，第452页。

为英雄。[1]

不光如此，王立先生同时指出："复仇还有着凝聚亲族群体向心力的巨大心理功能，它使得某一群体的个体成员忽视对彼此间矛盾的注意，而关注来自外部的侵犯。从而由于这种关注愈益增进了内部团结。"[2]

在中国记载上古神话和传说的早期古籍中也留存有复仇的故事，如前文提到的《山海经·北山经》和《述异记》等也记载了精卫填海和刑天向天帝复仇的故事。这两则神话中的复仇主体都不因身死体残而罢休，而是执着地完成未竟的复仇事业。"神话传说中的复仇故事构成了民族复仇文化的原始母题，集中体现了沉积在民族心理深层中的'大仇不报，死不瞑目'的抗争精神和坚强意志。"[3]

由此可见，复仇心态是人类进化过程中所共有的。"复仇的功利性作用来自其正义内核，而现实中不断发生的形形色色（的）复仇事件，愈加建构并强化了复仇文化，使个体深层复仇情绪、相关的原始心态及思维方式持久活跃。"[4]

第二节　儒家文化强化复仇[5]

作为中国传统文化的核心，儒家文化不仅在我国历史上延续的时间长，而且对中国的传统文化和民族精神产生了深远的影响。

1　王献唐：《炎黄氏族文化考》，青岛出版社，2006年，第187—188页。

2　王立：《中国古代复仇文学主题》，东北师范大学出版社，1998年，第46页。

3　王立：《中国古代复仇文学主题》，东北师范大学出版社，1998年，第28页。

4　王立：《中国古代复仇文学主题》，东北师范大学出版社，1998年，第48—49页。

5　本节内容已刊于《辽宁工程技术大学学报（社会科学版）》2009年第3期，原题《试论儒家文化对原始复仇观念的强化》。

儒家文化表现出融会贯通的文化特点，尽管在发展过程中时有调整，但其基本思想和基本理论并未发生改变，在古代社会中始终占据精神层面的主导地位。复仇是中国古代传统道德领域中的一种社会现象，儒家文化对复仇的肯定使原始时期就已普遍存在的复仇思想得到进一步强化，使复仇在思想意识层面上升到一定高度，成为社会生活中人们普遍认同的一种伦理行为。

一、孝亲思想是复仇的道德基础

“中国文化是以家族、社会为本位，复仇乃是行孝尽伦的社会使命而不光是一己私愤。”[1]中国古代的宗法关系是以父权为核心的，国是家的延伸，孝亲是尽忠的前提。作为宗法社会的伴生物，孝义是复仇得以产生并持续存在的精神基础。在中国古人看来，信守孝道乃是天经地义之事，“孝”是德之根本，在人的所有行为中，“孝”是最重要的。而“孝”作为一种伦理要求，与儒家的原始教义是相契合的：“君子务本，本立而道生。孝悌也者，其为仁之本与!”[2]复仇在儒家看来正是孝的自然延伸，这就为血亲复仇提供了适宜的土壤。正如班固所说：

> 子得为父报仇者，臣子与君父，其义一也。忠臣孝子所以不能已，以恩义不可夺也。故曰：“父之仇不与共天下，兄弟之仇不与共国，朋友之仇不与同朝，族人之仇不与共邻。”故《春秋》传曰：“子不复仇，非子。”[3]

“子不复仇，非子”，为受害者复仇已成为儒家对个体的认可前提，

1 王立：《中国古代复仇文学主题》，东北师范大学出版社，1998年，第37页。
2 杨伯峻：《论语译注》，中华书局，2017年，第2页。
3 〔清〕陈立：《白虎通疏证》，吴则虞点校，中华书局，1994年，第219—220页。

可见血亲复仇是传统儒家礼学思想大力提倡的。

总的来说，儒家是站在被害人一方的立场上，本着“亲亲”“尊尊”的基本精神，提倡个人通过对仇人加以报复，来完成其对君主、父母、兄弟和朋友应尽的责任，从而维护“礼”，实现“仁”，达到个人修养的最高境界。其以“亲亲”为基础建立起来的礼法制度从理论和道义上给血亲复仇以支持，这种思想成为复仇者的理论支撑，塑造了通行于整个社会的舆论环境。

《淮南子》中记载了这样一件事：

> 鲁人有为其父报仇于齐者，刳其腹而见其心，坐而拭冠，起而更衣，徐出门，上车而步，颜色不变。其御欲驱，抚而止之曰：“为父报仇，以出死，非为生也。今事已成矣，有何去之！”追者曰：“此有节行之士，不可杀也。”解围而去之。[1]

在这位复仇者看来，自己的杀人举动是合乎礼义的，因此他从容地复仇，从容地离去。而追赶他的人在知道他是为父报仇之后也就不再追究，还称其为“有节行之士”。由此可以看出，对那些决意报仇的人而言，他们之所以坚信复仇行为的合理性，义无反顾地去施行复仇的大义，正是因为这种行为符合伦理道德。

两汉时期，经过董仲舒的努力，“罢黜百家，独尊儒术”，儒家文化得到了前所未有的重视，上升到治国之依据的政治高度。儒家文化中“孝”的观念更是受到极力的推崇和肯定，统治者宣称“以孝治天下”，甚至在法律施行的过程中用儒家经典去解释，用“原心定罪”的方式来左右案件的审理和判决，将儒家的血亲

1　刘文典：《淮南鸿烈集解》，冯逸、乔华点校，中华书局，1989年，第611页。

伦理道德贯彻到国家法律之中，使其成为一种为人们所普遍接受的社会风气。在复仇事件中，甚至可以忽略男女老幼等性别、身份、年龄等差别，不论是谁，都享有为亲族复仇的权利和义务，这种现象自然会助长复仇的风气。

如东汉灵帝光和二年，因为父亲被杀，三个兄弟又遇流疫身亡，酒泉女子赵娥“阴市名刀，挟长持短，昼夜哀酸，志在杀寿”[1]，终于手刃仇人李寿，为父复仇。她在复仇之后主动投官，但其行为受到执法官员的认可和尊敬，该名官员宁可弃官而逃也不愿追究赵娥的刑责，因他认为这是为父尽孝的行为。甚至各州郡长官共同联名请求皇帝宽恕赵娥，还要求将其行为诏告天下，以赞誉孝德：“父母之仇，不与共天地，盖男子之所为也。而娥亲以女弱之微，念父辱之酷痛，感仇党之凶言，奋剑仇颈，人马俱摧，塞亡父之怨魂，雪三弟之水恨，近古以来，未之有也。诗云：‘修我戈矛，与子同仇。’娥亲之谓也。”[2]

再如隋代的王舜，年仅七岁时其父被王长忻夫妇谋杀，她带着两个妹妹寄食于亲戚之家，“阴有复仇之心，长忻殊不为备。姊妹俱长，亲戚欲嫁之，辄拒不从。乃密谓其二妹曰：‘我无兄弟，致使父仇不复，吾辈虽是女子，何用生为？我欲共汝报复，汝意如何？’二妹皆垂泣曰：‘唯姊所命。’是夜，姊妹各持刀逾墙而入，手杀长忻夫妻，以告父墓”。[3]这三姊妹为父复仇后争相认罪，都自称为首，引起朝廷上下赞叹，后终被隋高祖免罪宽宥。由此可见，为父母复仇乃是孝亲的责任所在，这已是深入人心的儒家伦理观念，无论是成人壮汉还是妇孺幼子，都必须奋力为之，义无反顾。

1 〔西晋〕皇甫谧：《列女传》，《三国志》卷十八引，中华书局，1999年，第550页。
2 〔西晋〕皇甫谧：《列女传》，《三国志》卷十八引，中华书局，1999年，第550页。
3 〔唐〕李延寿等：《北史》卷九十一，《列女传》，中华书局，1974年，第3009页。

东汉初年议郎给事中桓谭曾向光武帝上疏谈及民间复仇之事，我们从中可以窥见复仇向纵深发展的情形："今人相杀伤，虽已伏法，而私结怨仇，子孙相报，后忿深前，至于灭户殄业，而俗称豪健。故虽有怯弱，犹勉而行之，此为听人自理而无复法禁者也。"[1]有学者指出："复仇受到社会同情与赞扬的程度，和学术思潮中儒家思想地位的高扬几乎同步。"正是在这种儒学普及的强大势头下，社会对于复仇者表现出上下一致的同情与赞扬，从普通百姓和一干读书人，到本应依法办事的司法官吏，在法律和伦理发生尖锐冲突时，差不多都倒向了后者。[2]

二、"以直报怨"表现儒家要求复仇公平

复仇行为因与儒家孝亲思想的关联而披上了符合道德规范的外衣，可以说儒家的复仇观奠定了中国古代复仇意识作为传统文化心态有机组成部分的根基。不过，儒家思想对复仇观念的影响并不只表现在血亲复仇的合理性上，也对复仇行为进行了适当的规范，指出对不同情况的复仇应有不同的应对方式，表现出对公平性的要求和追求。

在《论语·宪问》中孔子对于报德与报怨给出了自己的看法：

> 或曰："以德报怨，何如?"子曰："何以报德？以直报怨，以德报德。"[3]

"以直报怨"而非"以德报怨"，这表现出孔子的复仇观，即要求

1 〔南朝宋〕范晔：《后汉书》卷二十八，《桓谭冯衍列传第十八》，中华书局，1965年，第958页。

2 张建国：《中国古代复仇观之我见》，《法学》，1998年第8期。所谓"彪炳复仇"，是指文采焕发地记载复仇事件，以表现其对于复仇的赞许和褒扬。

3 杨伯峻：《论语译注》，中华书局，2017年，第221页。

复仇公平。梁代皇侃在《论语义疏》中对这一观点进行了解释："所以不持德报怨者，若行怨而德报者，则天下皆行怨以要德报之，如此者是取怨之道也。"[1]朱熹也认为："德，谓恩惠也。言于其所怨既以德报之矣，则人之有德于我者，又将何以报之乎？于其所怨者，爱憎取舍，一以至公而无私，所谓直也。"[2]即应以公正的态度来对待自己的怨仇，应该采取什么方式就采取什么方式，若一味地包容忍让，"以德报怨"，其实是对施恶者的宽纵，同时更是对受害者的二次伤害。《孟子·尽心下》中也说道："吾今而后知杀人亲之重也：杀人之父，人亦杀其父；杀人之兄，人亦杀其兄。"[3]其含义与"以直报怨"相类。再如《礼记正义·表记》载："子曰：'以德报德，则民有所劝；以怨报怨，则民有所惩。'《诗》曰：'无言不仇，无德不报。'"[4]更是充分表达了对复仇公平的肯定和追求。

唐君毅先生在《中国文化之精神价值》中也指出：

> 以直报怨，固无私愤，而亦有义愤。由此义愤之心，则人亦可自然更坚其好善，而扩大其善行。人真能扩大善行，即见善之日增而见恶之日减，义愤乃可不趋于偏激……儒家之忠恕之道，以直报怨，则可以使人人皆在世间有一立脚点，以阻碍自己与他人之过失与罪恶之流行。义愤及与人为善之心，亦皆可以直接使善之在世间得其自然生长之道路。[5]

---

1 〔南朝梁〕皇侃：《论语义疏》，高尚榘校点，中华书局，2013年，第378—379页。

2 〔南宋〕朱熹：《论语集注》，商务印书馆，2015年，第235页。

3 杨伯峻：《孟子译注》，中华书局，2019年，，第366页。

4 〔东汉〕郑玄注，〔唐〕孔颖达正义：《礼记正义·表记》，《十三经注疏》，上海古籍出版社，1997年，第1639页。

5 唐君毅：《中国文化之精神价值》，广西师范大学出版社，2005年，第164—165页。

由此可见，“以直报怨”的意义已不只在于为加诸个体身上的不平而寻求报复，在更高的层面上，还关涉社会公理的维护和伸张，具有警世戒恶的作用。

在“以直报怨”这一追求复仇公平思想的指导下，许多儒家典籍还对复仇的具体情况做出了相应的明确规定，如《礼记·曲礼上》认为：“父之仇，弗与共戴天。兄弟之仇，不反兵；交游之仇，不同国。”[1]《大戴礼记·曾子制言上》亦曾论及复仇的观念与原则：“父母之仇，不与同生；兄弟之仇，不与聚国；朋友之仇，不与聚乡；族人之仇，不与聚邻。”[2]

《礼记·檀弓上》中记载的一段孔子与弟子的对话，可以看成对“以直报怨”、追求公平复仇的注解和说明：

> 子夏问于孔子曰：“居父母之仇如之何？”夫子曰：“寝苫枕干，不仕，弗与共天下也。遇诸市朝，不反兵而斗。”曰：“请问居昆弟之仇如之何？”曰：“仕弗与共国，衔君命而使，虽遇之不斗。”曰：“请问居从父昆弟之仇如之何？”曰：“不为魁，主人能，则执兵而陪其后。”[3]

这段对话专门针对复仇而发，并且将复仇的情况进行了区分，子夏分别从父母、昆弟和从父昆弟这三个层面来询问复仇的具体方式方法，孔子也针对这三种情况给出了不同的处理意见。为与自己具有不同血亲关系的人报仇，要采取不同的报仇方法，这一方面说明了孔子对血亲关系和血亲复仇的认同，另一方面也说明

1 〔东汉〕郑玄注，〔唐〕孔颖达正义：《礼记正义·曲礼上》，《十三经注疏》，上海古籍出版社，1997年，第1250页。
2 〔清〕王聘珍：《大戴礼记解诂》，中华书局，1983年，第91页。
3 〔东汉〕郑玄注，〔唐〕孔颖达正义：《礼记正义·檀弓上》，《十三经注疏》，上海古籍出版社，1997年，第1284—1285页。

他认为不同的血缘关系会影响复仇的具体态度。据《太平御览》卷四八二所载："初，子路仕卫，赴蒯聩之乱，卫人狐黶，时守门，杀子路。子崔既长，告孔子，欲报父仇。夫子曰：'行矣。'子崔即行。黶知之，于城西决战。其日，黶持蒲弓、木戟，与子崔战而死。"[1]可见对于子崔为父亲子路复仇一事，孔子是持支持态度的。

不只是孔子，孟子也对复仇行为表示赞赏，在《孟子·滕文公下》中就记载了一个商汤的复仇事件：

> 万章问曰："宋，小国也。今将行王政，齐楚恶而伐之，则如之何？"孟子曰："汤居亳，与葛为邻，葛伯放而不祀，汤使人问之曰：'何为不祀？'曰：'无以供牺牲也。'汤使遗之牛羊。葛伯食之，又不以祀。汤又使人问之曰：'何为不祀？'曰：'无以供粢盛也。'汤使亳众往为之耕，老弱馈食。葛伯率其民，要其有酒食黍稻者夺之，不授者杀之。有童子以黍肉饷，杀而夺之。《书》曰：'葛伯仇饷。'此之谓也。为其杀是童子而征之，四海之内皆曰：'非富天下也，为匹夫匹妇复仇也。'汤始征，自葛载，十一征而无敌于天下。"[2]

因葛伯的"放而不祀""要其有酒食黍稻者夺之，不授者杀之""有童子以黍肉饷，杀而夺之"等种种不义行为，汤率众对其进行征讨。商汤的征讨尽管是氏族部落之间进行的战争，但在孟子看来，乃是因葛伯无义在先，故这场战争是"为匹夫匹妇复仇也"，表现出了强烈的正义色彩，可见师出有名的正义复仇是受到

1 〔北宋〕李昉等：《太平御览》第三册（影印本），中华书局，1960年，第2206—2207页。

2 〔南宋〕朱熹：《四书章句集注》，上海古籍出版社，2006年，第315页。

儒家充分肯定的。

在儒家典籍中甚至还有对不同复仇事件的详细处理方法，如《周礼·地官·调人》中记载："调人，掌司万民之难，而谐和之。凡过而杀伤人者，以民成之；鸟兽亦如之。凡和难：父之仇，辟诸海外；兄弟之仇，辟诸千里之外；从父兄弟之仇，不同国；君之仇视父，师长之仇视兄弟，主友之仇视从父兄弟。弗辟，则与之瑞节而以执之。凡杀人有反杀者，使邦国交仇之。凡杀人而义者，不同国，令勿仇，仇之则死。凡有斗怒者成之，不可成者则书之，先动者诛之。"[1]而《周礼·秋官·朝士》中对复仇也有所规范："凡报仇雠者，书于士，杀之无罪。"[2]可见儒家尽管也认为民间私自复仇会造成社会秩序混乱，但并不否认复仇的合理性，只是试图通过迁移复仇者与复仇对象，使之不处在同一环境之中这类方法来加以调和。甚至只要在复仇之前向有关方面提出申请，复仇事件也会被纳入合法的体系之内，即使将复仇对象杀害也不算有罪，这实际上也是从另一个角度对复仇的一种肯定和认同。

随着儒学的官学化，儒学成为国家承认的唯一正统学说，儒家伦理思想也逐渐深入人心。《春秋公羊传·隐公十一年》中就有这样的说法："君弑，臣不讨贼，非臣也；不复仇，非子也。"[3]而在《春秋公羊传·庄公四年》中，谈到纪国被齐国灭掉，按春秋笔法不直书而写成"纪侯大去其国"，《公羊传》对此做出解释，《春秋》所以这样是因为灭掉纪国的齐襄公是贤者，要为贤者讳。[4]随

1 〔东汉〕郑玄注，〔唐〕贾公彦疏：《周礼注疏·地官·调人》，《十三经注疏》，上海古籍出版社，1997年，第732页。

2 〔汉〕郑玄注，〔唐〕贾公彦疏：《周礼注疏·秋官·朝士》，《十三经注疏》，上海古籍出版社，1997年，第878页。

3 〔东汉〕何休注，〔唐〕徐彦疏：《春秋公羊传注疏》，《十三经注疏》，上海古籍出版社，1997年，第2210页。

4 从齐襄公往前九世代的先君由于纪侯的谗言陷害，而被当时的周天子烹死，齐襄公现在灭掉纪国是为给先祖报仇，所以他是贤者。

后《公羊传》设问："九世犹可复仇乎？"回答是："虽百世可也。"也即只要师出有名，间隔时间长短并不能成为复仇的限制。《春秋公羊传·定公四年》还说："父不受诛，子复仇，可也；父受诛，子复仇，此推刃之道也。"[1]意思是父亲若是被枉杀、错杀、冤杀的，儿子就可以为不应被杀的父亲报仇；当然官府若是判得正确，父亲确实犯了该杀之罪，则儿子就不应该复仇了。可见，儒家的伦理思想已经渗入社会的各个阶层，形成了"不复仇，非子也"的舆论导向，成为矢志报仇者的理论支撑和道德根基。当然，不可避免地，这种可以随意复仇的思想观念同时也和日益完善的政治职能及法律制度产生了冲突和矛盾。

在强调伦理道德规范的中国社会，法律的制定和执行也是以道德为前提和基础的，不符合道德规范的行为很难被划归到合法的范畴。就复仇来看，诸如对父母之仇不思报复而与仇方私和的行为，无论是从法律上还是从道德上都是不能被接受的，甚至法律对于这一行为还做出了明确的规定。《唐律疏议》卷十七《贼盗》中明确规定："诸祖父母、父母及夫为人所杀，私和者，流二千里；期亲，徒二年半；大功以下，递减一等。受财重者，各准盗论。虽不私和，知杀期以上亲，经三十日不告者，各减二等。"[2]可见与杀亲仇家私下和解乃是违法的行为，而这违法的前提也正是有亲仇不报是儒家道德所不能允许的。由此更可以看出，先秦时期中国人所具有的原始的复仇天性，经过儒家伦理的系统加工，逐渐定型化、稳固化，并成为社会中每一个个体对于家庭或家族的责无旁贷、义不容辞的使命。在孝亲观念的影响下，为亲复仇成为儒家思想对个人的基本要求。有学者指出，"随着社会的发展

1 〔东汉〕何休注，〔唐〕徐彦疏：《春秋公羊传注疏》，《十三经注疏》，上海古籍出版社，1997年，第2337页。

2 〔唐〕长孙无忌：《唐律疏议》，岳纯之点校，上海古籍出版社，2013年，第282页。

和人类的文明化，复仇从无意识层面上升到意识层面，由自发行为转变为自觉行为。自觉复仇是将复仇从一种本能的生存、自卫机制提升为最高的伦理道德使命。它的深层凝结着传统的荣誉观、伦理观、道德观、生死观，显现出复仇对传统文化的亲和力。”[1]这也正是后期法律体系日益完善后仍不断有复仇事件发生并受到社会大众普遍理解和支持的原因所在。

元朝虽然是蒙古族建立的朝代，但经过早期的冲突和抵触，统治者亦逐渐认识到儒家文化对政权维护的价值，不仅对儒家文化给予了认同和肯定，还将其确定为朝廷的主流文化进行弘扬，尊崇儒家思想和儒家的价值观。元世祖忽必烈就非常重视儒家文化，并认识到儒学的实用价值，一方面不断吸纳汉族的知识分子参与统治，另一方面对儒家的“三纲五常”“正心诚意”等思想进行宣传，强调为臣当忠，为子当孝，确定了儒家文化在意识形态上的统治地位。由于蒙古族一直以来奉行的是自由散漫的游牧文化，与中原地区已经深入人心的儒家思想差别甚大，统治者更是有意识地通过法律强化儒家思想的重要性，使民众接受并贯彻儒家思想这一立国之本。比如其在元律中对于种种“败坏风化”行为的严格规定，正是对儒家伦理道德思想的继承和发展。崇尚游牧文化的蒙古人本来对于生杀之事看得很轻，婚配之事也相对随意，但这些观念行为与儒家思想宣扬的“三纲五常”完全相悖，于是在统治者的着意强调下，这些观念也发生了非常明显的改变。如元史载，前南京路总管田大成，以其弟妇赵氏为妻，被御史台臣弹劾，废绝人伦，杖责八十,三年不齿。[2]同时，对于尽孝守节之人则予以大力旌扬，如元文宗时，“龙兴张仁兴妻邹氏、奉元李郁

1 万水君:《复仇母题与中国传统文化》,《桂林航天工业高等专科学校学报》, 2006年第1期。
2 〔明〕宋濂等:《元史》(上), 阎崇东等校点, 岳麓书社, 1998年, 第83页。

妻崔氏以志节，汴梁尹华以孝行，皆旌其门”[1]。朝廷努力施行儒教的相关措施，使得“元有天下，其教化未必古若也，而民以孝义闻者，盖不乏焉”[2]。元代统治者认识到了儒家思想的重要性，努力推行儒家文化，因而儒家思想中以孝亲为首的伦理道德观念也得到了广泛的传播，以此为根基的复仇文化进而也得到充分的体现和发展。

第三节　史官文化颂扬复仇

我国是一个史学非常发达的国家，梁启超认为，“中国于各种学问中，惟史学为最发达。史学在世界各国中，惟中国为最发达”[3]。他曾在《中国历史研究法》中对中国古代史籍中所著录的部数、卷数进行了一个归纳总结，列表如下：

表4-1

古代史籍名称	部数	卷数	说明
《汉书・艺文志》	11部	425篇	
《隋书・经籍志》	817部	13264卷	
《旧唐书・经籍志》	884部	17946卷	
《宋史・艺文志》	2147部	43109卷	
《通志・艺文志》	2301部	37613卷	（图谱在外）
《文献通考・经籍考》	1036部	24096卷	

1 〔清〕毕沅：《续资治通鉴》，内蒙古人民出版社，2008年，第587页。
2 骆明主编：《历代孝行类编》，光明日报出版社，2016年，第321页。
3 梁启超：《中国历史研究法》，上海古籍出版社，2019年，第18页。

续表

古代史籍名称	部数	卷数	说明
《明史·艺文志》	1316部	30051卷	（限于明代人著作）
《清四库书目》	2174部	37049卷	（存目合计）

他所总结出的数字未必涵盖所有古代史籍，但已可证明我国自古以来就具有良好的修史传统，无论是修史制度的完备、考辨史实的详细、搜集史料的全面还是史书种类的丰富等方面，我国都表现得非常突出。

与重视修史相关，在古代中国，史官文化具有十分重要的地位和意义。《说文解字》中将“史”解释为“记事者也”，可见史官的基本职责是“用文字记事”，“如同后世起草文字、掌管文件的秘书、书记之类的官吏”。[1]史官的地位并不高，但在古代社会中的作用十分重要，一方面记事载言，保存各种史籍；另一方面还要精研史学知识，以备国君及王公大臣咨询解疑。史官通常都由非常有才学的人担任：“在上古三代时期，史官因掌管天文术数而成为中国文化学术之宗；在春秋末年王道衰微之际，孔子从史学角度作《春秋》明王道，从而使王道成为中华民族的文化哲学；战国史官参与了战国士文化的创造，形成了一种新的士林价值观。”[2]这种对史官职责和社会伦理价值的认知，形成了我国独有的“史官文化”。史官文化具有隆礼、敬德、崇善、重人的精神内核，表现出浓厚的伦理色彩。有学者指出：“以人伦为中心的道德观念和尊崇人本的‘重人意识’，是史官文化精神内核最鲜明的特征。”[3]“孔子修《春秋》，乱臣贼子惧”，中国古代修史不仅仅是为

1　李炳泉、邸富生主编：《中国史学史纲》，辽宁师范大学出版社，1997年，第3页。

2　陈桐生：《中国史官文化与史记》，汕头大学出版社，1993年，第2页。

3　刘云春：《历史叙事传统语境下的中国古典小说审美研究》，中国社会科学出版社，2010年，第9页。

了客观如实地记载历史，更要体现出褒贬色彩，有劝勉，有惩戒，要起到奖善罚恶的作用。“中国人重讲史，古人尤其重史轻文，不光文人士大夫以通谙史事相标榜，下层民众也对由史派生出的故事有着特殊的兴趣。”[1]中国史书重视记载帝王贤臣和影响较大的历史事件，目的就是要在记述中体现出一种教化意旨，而绝大多数复仇主体，正是被作为孝子、烈女、侠士等正面形象来描写的，即使复仇失败也显得格外悲壮。见于史籍的复仇者，上至帝王将相下至贩夫走卒，遍及社会各个阶层，可见复仇思想之深入人心。

一、赞扬矢志完成复仇大业

对于各种各样的复仇事件，历代史书都津津乐道，并进行精彩实录，甚至列出专门的《孝友传》《孝义传》《列女传》之类的传记来记载复仇之士的事迹，表现出对这些复仇者的称赞和尊重。如《史记》所载孙膑用计击杀庞涓报断足之仇，范雎使魏安僖王杀魏齐报折辱之仇，项羽杀王离为祖父报仇等。再如《晋书》载桓温之父为人所害：“温时年十五，枕戈泣血，志在复仇。至年十八，会播（其仇人）已终，子彪兄弟三人居丧，置刃杖中，以为温备。温诡称吊宾，得进，刃彪于庐中，并追二弟杀之，时人称焉。”[2]索琳“尝报兄仇，手杀三十七人，时人壮之。俄转太宰参军，除好畤令，入为黄门侍郎，出参征西军事，转长安令，在官有称”[3]。刁彝少遭家难，后来终于“斩仇人党，以首祭父墓，诣廷尉谢罪，朝廷特宥之，由是知名”[4]。又如《后汉书》载赵熹“少有节操，从兄为人所杀，无子。熹年十五，常思报之，乃挟兵结客，

1 王立：《中国古代复仇文学主题》，东北师范大学出版社，1998年，第499页。
2 〔唐〕房玄龄等：《晋书》卷九十八，《列传第六十八》，中华书局，1974年，第2568页。
3 〔唐〕房玄龄等：《晋书》卷六十，《列传第三十》，中华书局，1974年，第1650页。
4 〔唐〕房玄龄等：《晋书》卷六十九，《列传第三十九》，中华书局，1974年，第1845页。

后遂往复仇”[1]；阳球少时“能击剑，习弓马，性严厉，好申、韩之学，郡吏有辱其母者，球结少年数十人，杀吏，灭其家，由是知名”[2]。《魏书》载淳于诞“年十二，随父向扬州，父于路为群盗所害。诞虽童稚，而哀感奋发，倾资结客，旬朔之内，遂得复仇，由是州里叹异之。颐益州刺史刘俊召为主簿，萧衍除步兵校尉”[3]。韩暨为报父兄被陷害之仇，“庸赁积资，阴结死士”，终于追擒仇人，以其首祭父墓。[4]《南史·孝义传》载闻人夐“年十七，结客报父仇，为（齐）高帝所赏，位至长水校尉”[5]；又载梁武帝普通六年，成景隽悬赏招收刺客，不仅刺死了杀父仇人常邕和，还毒杀其全家，“鸩杀其子弟，噍类俱尽”，对此“武帝义之，每为屈法”[6]；又载李庆绪父被害，使其九岁而孤，于是他“日夜号泣，志在复仇。投州将陈显达，仍于部伍白日手刃其仇，自缚归罪，州将义而释之。梁天监中为东莞太守”。[7]《北史·序传》载李充报父仇，“乃手刃仇人，啖其肝肺”[8]。这些人因为家族中的亲人受到伤害，都义无反顾地为之复仇，毫无例外地受到史书的赞赏，这些复仇事件也被认为是其人生中的壮举，是值得记录和宣扬的英勇事迹。

（一）对隐忍实现复仇的礼赞

复仇事件中的复仇者通常都是受害人，相对于施恶者而言，他们往往是势力薄弱的一方，面对更加强悍的对手，在受到伤害后难以立刻实施复仇。但这些复仇者并未因此放弃，恰恰相反，

1 〔南朝宋〕范晔：《后汉书》卷二十六，岳麓书社，2009年，第512页。

2 〔南朝宋〕范晔：《后汉书》卷七十七，岳麓书社，2009年，第845页。

3 〔北齐〕魏收：《魏书》卷七十一，《列传第五十九》，中华书局，1974年，第1592页。

4 〔西晋〕陈寿：《三国志·魏书》，〔南朝宋〕裴松之注，中华书局，2011年，第565页。

5 〔唐〕李延寿等：《南史》卷七十三，《列传第六十三》，中华书局，1975年，第1819页。

6 〔唐〕李延寿等：《南史》卷七十四，《列传第六十四》，中华书局，1975年，第1844页。

7 〔唐〕李延寿等：《南史》卷七十四，《列传第六十四》，中华书局，1975年，第1843—1845页。

8 〔唐〕李延寿等：《北史》卷一百，《列传第八十八》，中华书局，1974年，第3323页。

他们会将仇恨深埋心中，隐忍度日，等待时机，最终实现复仇大计。对于这样的复仇者，史书给予了更加盛大的礼赞，最具有代表性的就是春秋末期的伍子胥复仇事件。

伍子胥复仇一事最早见于战国初期的《左传》，但只是初具故事体系的大概模式，司马迁在《史记·伍子胥列传》中第一次对伍子胥生平事迹做了集中叙述，又在《吴太伯世家》《楚世家》《范雎蔡泽列传》《孙子吴起列传》《仲尼弟子列传》等几篇传记中有所补充，使故事变得完整，而且还有意地对原有的记载进行了增饰或删减，使伍子胥逃难、报仇、被害的过程更详细，人物形象也更生动。可以看出司马迁在有意地强化伍子胥坚忍的性格和强烈的复仇精神，这篇传记已不仅仅是对历史人物经历的如实记录，更多是将其当作复仇故事来写，有着鲜明的文学色彩。传尾的赞语中司马迁对伍子胥给予了极高的评价：

> 怨毒之于人甚矣哉！王者尚不能行之于臣下，况同列乎！向令伍子胥从奢俱死，何异蝼蚁。弃小义，雪大耻，名垂于后世，悲夫！再叹弃小义之可悲！方子胥窘于江上，道乞食，志岂尝须臾忘郢邪？再叹乞食人有心事！故隐忍就功名，非烈丈夫孰能致此哉？[1]

充分表明了司马迁对于伍子胥的肯定和赞赏。可见在司马迁看来，“人固有一死，或重于泰山，或轻于鸿毛，用之所趋异也”[2]，为泄一时之愤、雪暂时之耻，或拘泥于小的忠孝节义而死是不可取的；反之，如伍子胥一样为“雪大耻”而忍辱负重，尽管吃尽辛苦，

1 〔西汉〕司马迁：《史记》卷六十六，《伍子胥列传第六》，中华书局，1959年，第2183页。
2 〔西汉〕司马迁：《报任安书》，转引自〔清〕吴楚材、吴调侯编选《古文观止》，北京联合出版公司，2015年，第181—182页。

但百折不挠，最终得偿所愿，以匹夫报国君之仇，成就功名，才是“烈丈夫”该有的行为。

不仅如此，后世史家甚至对于伍子胥复仇手段的残暴和复仇范围的扩大化，也几乎没有什么非议，反而对其更加尊重。如《后汉书·苏不韦传》载其父苏谦被李暠公报私仇杀害时，苏不韦才十八岁，“仰天叹曰：‘伍子胥独何人也！’乃藏母于武都山中，遂变名姓，尽以家财募剑客”，决意复仇。但仇人防备太严，苏不韦始终没能得手，于是他掘仇人父冢，断取其头，以祭苏谦，又将仇人父首拿到市上张扬，竟把仇人活活气死了。时人郭林宗评曰：“子胥虽云逃命，而见用强吴，凭阖庐之威，因轻悍之众，雪怨旧郢，曾不终朝，而但鞭墓戮尸，以舒其愤，竟无手刃后主之报。岂如苏子单特孑立，靡因靡资，强仇豪援，据位九卿，城阙天阻，宫府幽绝，埃尘所不能过，雾露所不能沾。不韦毁身焦虑，出于百死，冒触严禁，陷族祸门，虽不获逞，为报已深。况复分骸断首，以毒生者，使暠怀忿结，不得其命，犹假手神灵以毙之也。力唯匹夫，功隆千乘，比之于员，不以优乎？”[1]可见对于复仇一事，即使复仇者采取了极其凶残的手段，造成了极其惨烈的后果，但由于其受害在先以及血亲复仇所具有的正义性，其行为还是会得到普遍的理解和认同。

（二）夸耀复仇者的超凡能力

由这些史书的记载可以看出作者及时人对复仇事件的看法，他们对复仇之举的推崇备至、称颂有加，使得复仇者或是“由是知名”，或是“时人称焉”，得到统治者及民众的认可，从而为一生的事业做好铺垫。似乎复仇能使人的能力和品德得到锤炼，复

1 〔南朝宋〕范晔：《后汉书》卷三十一，《列传第二十一》，中华书局，1965年，第1107—1108页。

仇者在报得深仇的同时，也自然会得到建功立业的机缘。

如《北史》卷七十六载来护儿自小由伯母吴氏抚养，长大后终为伯父复仇一事：

护儿世父（伯父）为乡人陶武子所害，吴氏每流涕为护儿言之。武子宗族数百家，厚自封植。护儿每思复怨。因其有婚礼，乃结客数人，直入其家，引武子斩之，宾客皆慑不敢动。乃以其头祭伯父墓，因潜伏岁余。会周师定淮南，乃归乡里。所住白土村，地居疆场，数见军旅，护儿常慨然有立功名之志。[1]

后来来护儿果然参军讨逆，兼具忠勇，战功卓著，《北史》本传赞其“幼怀倜傥，猛概抑扬……位班上将，显居大国”，将他为伯父复仇之事与后期取得的功业相提并论，认为两者之间存在某种必然的联系。

再如司马光《涑水记闻》载：

张藏英，燕人，父为人所杀，藏英尚幼，稍长，擒仇人，生脔割以祭其父，然后食其心肝。乡人谓之“报仇张孝子”。契丹用为芦台军使。逃归中国，从世宗征契丹。藏英请不用兵，先往说下瓦桥关。乃单骑往城下，呼曰：“汝识我乎？我张芦台也。”因陈世宗威德，曰：“非汝敌也。不下，且见屠。”藏英素为燕人所信重，契丹遂自北门遁去，城人开门请降。[2]

1 〔唐〕李延寿等：《北史》卷七十六，《列传第六十四》，中华书局，1974年，第1403页。
2 〔北宋〕司马光：《涑水记闻》，邓广铭、张希清点校，中华书局，1989年，第44页。

这段记载颇有特点，张藏英因报父仇而被称为“孝子”，依靠自己曾经的复仇经历便轻而易举地取得了战争的胜利，他本人似乎也对此颇有自信，主动请缨前往游说。这说明复仇事件使他广为人知，他也因此受到人们的尊重和信任。

二、称颂助人复仇的侠义情怀

史书中记载的复仇事件，除个人为家族血亲不惜自我牺牲努力复仇外，还有很多是通过他人的帮助来实现的。这些助人者的情况不尽相同，有的是复仇者的属下，奋力复仇是为主尽忠；有的是复仇者的朋友，出于朋友之义为之复仇；有的只是基于同情，路见不平拔刀相助。这些不同的复仇方式一方面体现出社会大众对复仇事件的认同，另一方面也是对古代社会侠义精神的弘扬和向往。

如《史记·刺客列传》中所记载的豫让为智伯复仇，“漆身为厉，吞炭为哑，使形状不可知。行乞于市，其妻不识也”[1]，艰苦备尝。友人劝其不如亲近赵襄子，以图复仇成功，豫让驳斥了这种观点，称“既已委质臣事人，而求杀之，是怀二心以事其君也。且吾所为者极难耳！然所以为此者，将以愧天下后世之为人臣怀二心以事其君者也”[2]。他为智伯复仇是要报知遇之恩，而他坚持自己的复仇方法是因为有不能改变的道德原则。豫让无论是在行动上还是在思想上都是值得敬重的仁义之士，连他的复仇对象赵襄子也对他非常尊重，屡次释放他，最后甚至被他为主尽忠之心感动，脱下自己的衣服让他以剑斩之，以平复其内心的仇恨。

再如聂政为严仲子向侠累复仇，也是为报知遇之恩：“政乃市井之人，鼓刀以屠；而严仲子乃诸侯之卿相也，不远千里，枉车

1 〔西汉〕司马迁：《史记》，韩兆琦评注，岳麓书社，2012年，第1199页。
2 〔西汉〕司马迁：《史记》，韩兆琦评注，岳麓书社，2012年，第1199页。

骑而交臣。臣之所以待之，至浅鲜矣，未有大功可以称者。而严仲子奉百金为亲寿，我虽不受，然是者徒深知政也。夫贤者以感忿睚眦之意，而亲信穷僻之人，而政独安得嘿然而已乎？且前日要政，政徒以老母；老母今以天年终，政将为知己者用。”[1]他感谢严仲子的知遇之情，欣然为之复仇，充分表现出清高孤傲又仁侠仗义的个人品德，受到人们的敬仰。

这些甘愿为人出头复仇的豪侠之士，具有知恩图报、一诺千金、重视友情等品质，因此极易得到百姓的拥戴和支持，往往拥有极高的社会声望。如《史记·游侠列传》所载，郭解“状貌不及中人，言语不足采者，然天下无贤与不肖，知与不知，皆慕其声，言侠者皆引以为名”[2]，可见郭解无论是外貌还是语言都不甚出众，却广受人们的爱戴。这是因为其“少时阴贼感慨，慨不快意，身所杀甚众。以躯借交报仇……而少年慕其行，亦辄为报仇，不使知也”。[3]由此可知，郭解之所以有如此之高的社会威望，与其少年时期的复仇举动和侠义行为密不可分，其行为甚至影响到青年一代。

还有一点颇值得我们关注，即复仇的平等性原则。就伍子胥复仇一事来看，其复仇的对象是楚平王，他以臣子的身份向国君复仇，可见在复仇这个问题上，臣子和国君是处于平等地位的。这是春秋时期独特的君臣关系的反映，《孟子》《晏子春秋》《春秋公羊传》中都曾表达过臣子可以向君主复仇的观点，特别指出如果父亲是被冤杀，则臣子向君主复仇更是天经地义，因为此时的君臣关系已经自然解除了。不过，这种情况在封建制度已经确立的南北朝时期也有发生。如《北史·孝行传》载王颁：“闻其父为

1〔西汉〕司马迁：《史记》，韩兆琦评注，岳麓书社，2012年，第1201页。
2〔西汉〕司马迁：《史记》，韩兆琦评注，岳麓书社，2012年，第1692—1693页。
3〔西汉〕司马迁：《史记》，韩兆琦评注，岳麓书社，2012年，第1689—1690页。

陈武帝所杀，号恸而绝，食顷乃苏，哭不绝声，毁瘠骨立。至服阕，常布衣蔬食，藉藁而卧。……及陈灭，颁密召父在时士卒，得千余人，对之涕泣。……于是夜发其陵，剖棺，见陈武帝鬓皆不落，其本皆出自骨中。颁遂焚骨取灰，投水饮之。既而自缚归罪。晋王表其状。文帝曰：'朕以义平陈。王颁所为，亦孝义之道，何忍罪之？'舍而不问。"[1]可见这种对个人复仇的赞誉甚至并不在意复仇主体与被复仇对象身份的差别，如果君主处于一个非正义的位置之上，臣子是可以向不义之君复仇的。这也体现出了血亲复仇的绝对正义性和追求平等的价值原则，与前文所述儒家文化中孔子"以直报怨"的复仇公平思想不谋而合。

类似的记载在史书中比比皆是，鲜明表现出作者的情感倾向。不可否认，史书对于复仇故事的记载和宣扬起到了非常重要的作用。有学者指出："复仇传闻与史实在激发文学题材创作上的功能是全方位、总体上的。"[2]的确，偏重记录帝王将相的所谓"英雄的历史"的中国正史，却对平民百姓的复仇事件给予了充分的重视，在其中可以看到大量关于复仇的记载，而且，对帝王将相等"英雄"们在成为"英雄"之前的种种诸如复仇杀人等行为也大加渲染，极力赞扬。以弘扬封建社会伦理纲常为目的的史家文化的这种对复仇的赞颂，将复仇行为推向了具有更高道德价值的地位，甚至使复仇者成为后人学习的榜样和楷模。

第四节　法律制度与复仇的冲突

就复仇本身而言，早在氏族社会时期，氏族的整体组织已经

1 〔唐〕李延寿等：《北史》卷八十四，《列传第七十二》，中华书局，1974年，第2359页。

2　王立、刘卫英：《传统复仇文学主题的文化阐释及中外比较研究》，北京师范大学出版社，2011年，第11页。

意识到内部的族群争斗会对氏族整体力量产生影响，削弱族群的战斗力，因此要对血族复仇进行一定程度的遏制。有学者指出："血族复仇是反抗侵犯的最原始的形式。氏族对它的每一个成员的行为负责，通过征服作为一个整体的侵犯者氏族，来反抗对于氏族整体的伤害。……从血族复仇中发展起来的家族世仇等部族、家族以及群体之间的矛盾冲突，是违反民族利益的，它削弱了社会组织对付外部敌人的力量，并扰乱了和平的内部活动。"[1]但由于血族复仇思想的深入与固化，这种限制并不能有效地达到阻止血族复仇行为的目的，在中国古代社会也是一样。由前文所述可知，复仇在中国古代有着深厚的历史渊源和道德伦理渊源，无论是儒家文化还是史官文化都对复仇赞颂有加，它往往被看作一种孝举或义举。但随着法律观念的出现和法律制度的完善，这种完全受主观情感指使的，以伤害他人的身体甚至剥夺其生命为目的的行为，便与前者产生了矛盾和冲突。"法律机构发达以后，生杀予夺之权被国家收回，私人便不再有擅自杀人的权利，杀人便成为犯罪的行为，须受国法的制裁。"[2]美国学者迈克尔·达尔比也指出，尽管在传统中国，复仇得到了社会的普遍认同，被人们的情感接受，但"传统中国却并不是一个受复仇支配的社会。复仇不是一件日常琐事，而是关系到一些深奥问题"。[3]因此，自春秋战国以来，复仇就一直是一个广受关注的社会问题，其核心则是法制体系的逐渐健全与儒家之"礼"、伦理道德之间的矛盾。政府对于血亲复仇从允许到限制再到禁止，这一历史过程经历了漫长的岁月，但整个封建社会对于是否应禁止复仇一事仍然久议不决。可以说，

1 《刑事法学要论》编辑组编：《刑事法学要论：跨世纪的回顾与前瞻》，法律出版社，1998年，第945—946页。

2 瞿同祖：《中国法律与中国社会》，商务印书馆，2010年，第83页。

3 ［美］迈克尔·达尔比著：《传统中国的复仇与法律》，王立、魏彬彬译，《丹东师专学报》，2002年第3期。

在中国古代社会，复仇意识在以礼教是取的文化背景下，同法治观念之间呈现出一种微妙的关系，但总体说来在“礼”“法”斗争中，“礼”占上风。

一、从自由到约束

先秦时期基本上还是延续了原始人类的复仇观念，复仇行为被普遍认同，复仇事件也时有发生。瞿同祖先生指出，在早期复仇现象中，“复仇者的心目中不是说某甲杀了某乙，而是说某家某族对于我的家我的族有了伤害的行为，他在这种情形之下，于是抵抗复仇也成为全族的联合的责任，每一个族人为保护自己及其族人而战斗，他的族人，对于伤害乙族而引起乙族忿怒的肇祸者，是否不对，是不问的”。[1]也就是说事件发生的起因并不重要，因为当时还没有产生是非观念和罪与非罪的概念，他们在意的是是否造成伤害。《孟子・尽心下》载孟子言：“吾今而后知杀人亲之重也：杀人之父，人亦杀其父；杀人之兄，人亦杀其兄。然则非自杀之也，一间耳。”[2]可见在先秦时期复仇是比较自由的行为，也正是在这一时期出现了诸如伍子胥掘墓鞭尸、勾践卧薪尝胆、荆轲刺秦王、豫让刺杀赵襄子、专诸杀王僚、聂政刺侠累、赵氏孤儿报大仇等广为后世传颂的复仇故事，可见这一时期因列国纷争、法制不完善，复仇行为同法律之间的矛盾表现得并不十分突出。

不过，随着社会体系的逐渐完善，人们对于复仇事件的认识也发生了相应的变化，理性认知渐趋明显，复仇者实施复仇行为，其复仇动机是否具有正义性成为一个非常重要的标准。如《墨子・明鬼下》载：

1　瞿同祖：《中国法律与中国社会》，商务印书馆，2010年，第79页。

2　杨伯峻：《孟子译注》，中华书局，2019年，第367页。

> 周宣王杀其臣杜伯而不辜。杜伯曰："吾君杀我而不辜，若以死者为无知，则止矣；若死而有知，不出三年，必使吾君知之。"其三年，周宣王合诸侯而田于圃田，车数百乘，从数千人，满野。日中，杜伯乘白马、素车，朱衣冠，执朱弓，挟朱矢，追周宣王，射之车上，中心折脊，殪车中，伏弢而死。当是之时，周人从者莫不见，远者莫不闻，著在周之《春秋》。[1]

在这个事件中，杜伯"不辜"而为周宣王所杀，他的复仇是具有正义性的，因此尽管彼此是君臣关系，杜伯一样要向其复仇。

《墨子·明鬼下》还记载了燕简王无罪而杀害其臣庄子仪，因此庄子仪之鬼魂趁其祭祀时，于半路上"荷朱杖而击之，殪之车上。当是时，燕人从者莫不见，远者莫不闻，著在燕之《春秋》。"[2]庄子仪对燕简王的复仇也体现出无罪被害之人的复仇所具有的正义性，无论是复仇主体还是观者，都将其视为理所当然。

《周礼·地官·调人》中对于复仇的相关规定也充分强调了复仇动机："凡杀人而义者，不同国，令勿仇，仇之则死。"[3]郑玄的解释表现了复仇正义的重要性："义，宜也。谓父母、兄弟、师长尝辱焉而杀之者，如是为得其宜，虽所杀者人之父兄，不得仇也。"[4]可见若复仇行为符合正义，则被杀一方不得再实施复仇，否则循环往复，则不得制止了。

秦始皇崇尚法度，以法家为治国之本，曾特别指出"为私斗

1　王焕镳：《墨子校释》，浙江文艺出版社，1984年，第247—248页。

2　王焕镳：《墨子校释》，浙江文艺出版社，1984年，第248页。

3〔东汉〕郑玄注，〔唐〕贾公彦疏：《周礼注疏·地官·调人》，《十三经注疏》，上海古籍出版社，1997年，第732页。

4〔东汉〕郑玄注，〔唐〕贾公彦疏：《周礼注疏·地官·调人》，《十三经注疏》，上海古籍出版社，1997年，第732页。

者，各以轻重被刑大小”[1]，国家政治权利和法律的权威得以提高，复仇之风开始受到约束。秦汉之后，三国时期又再一次强调对复仇的控制和禁止。汉献帝建安十年，曹操“令民不得复私仇，禁厚葬，皆一之于法”[2]。随后文帝曹丕于曹魏黄初四年颁布诏令说：“丧乱以来，兵革未戢，天下之人，互相残杀。今海内初定，敢有私复仇者，皆族之。”[3]《晋书·刑法志》中还记载了魏明帝制定的《魏律》中的规定：“贼斗杀人，以劾而亡，许依古义，听子弟得追杀之。会赦及过、误相杀，不得报仇，所以止杀害也。”[4]对复仇的相关情况进行了更进一步的规定，甚至注明了对不同程度复仇的不同处理办法，约束复仇的态度也更加明显。南北朝时法令表现得更加严格，《魏书·世祖纪》载北魏太延元年有诏曰：“民相杀害，牧守依法平决，不听私辄报复。敢有报者，诛及宗族。邻伍相助，与同罪。”[5]由该条诏文可以看出，不仅复仇者及其亲属要被处以死刑，甚至连同邻居等相助者，也要受到同等处罚，这一规定已相当严苛。《梁书·武帝纪》载太清元年亦有诏曰：“不得挟以私仇而相报复，若有犯者，严加裁问。”[6]《北史·周本纪下》载北周保定三年也曾规定：“初禁天下报仇，犯者以杀人论。”[7]《隋书·刑法志》也说：“初除复仇之法，犯者以杀人论。”[8]可见随着法律体系的不断健全，对复仇的限制是越来越严格的。

唐代是我国封建社会法律制度高度发展的时代，唐律作为世界五大法系之一，不仅是我国封建社会最完备、最具代表性的法

1 〔西汉〕司马迁：《史记》卷六十八，《商君列传第八》，中华书局，1959年，第2218页。
2 〔晋〕陈寿：《三国志》卷一，《魏书·武帝纪第一》，中华书局，1959年，第27页。
3 〔晋〕陈寿：《三国志》卷二，《魏书·文帝纪第二》，中华书局，1959年，第82页。
4 〔唐〕房玄龄等：《晋书》卷三十，《刑法志》，中华书局，1974年，第925页。
5 〔北齐〕魏收：《魏书》卷四上，《世祖纪第四上》，中华书局，1974年，第86页。
6 〔唐〕姚思廉：《梁书》卷三，《本纪第三武帝下》，中华书局，1973年，第92页。
7 〔唐〕李延寿等：《北史》卷十，《周本纪下第十》，中华书局，1974年，第350页。
8 〔唐〕魏徵等：《隋书》卷二十五，《刑法志》，中华书局，1973年，第698页。

典，为其后宋元明清的封建法律制度的发展奠定了基础，而且对亚洲一些其他国家的法律发展也有重要影响。《唐律疏议》以礼入法，对复仇并没有特别直接的规定，但在《唐律·斗讼律》中说明“诸祖父母、父母为人所殴击，子孙即殴击之，非伤者，勿论；折伤者，减凡斗折伤三等；至死者，依常律”。[1]《疏议》在解释这一条时明确指出，子孙若因此而打死对方，也将被处以绞刑或斩首，也就是说对于复仇还是有意进行限制的。但这种限制在实际执行的过程中往往并没有得到贯彻，多数时候人们对待复仇行为，特别是与血亲或朋友有关的复仇行为，是非常理解甚至支持的，甚至认为这是有情有义、值得赞颂的高尚行为。宋代在法律上以继承唐代为主，关于复仇行为的处理方式也基本依循唐代，其《宋刑统》在《斗讼律》中附有名为“复仇”的臣等起请条，称“如有复祖父母、父母之仇者，请令今后具案，奏取敕裁”[2]，是我国现存封建法典中唯一明确提到“复仇”二字的条文。看起来国家的干预似乎更进了一步，但其实还是表现出具体处理相关事宜时的不自信，将最终的决定权交还于最高统治者的手中。明代的《大明律·刑律·斗殴》规定：“祖父母、父母为人所杀，而子孙擅杀行凶人者，杖六十；其即时杀死者，勿论。”[3]清代《大清律例》完全引用明律，无明显特别之处。

总之，可以看出随着社会的不断发展，国家制度的逐渐完善，法律的日益健全，统治阶级想要将复仇控制在法律的范围之内。但在现实生活中，由于复仇事件与儒家伦理观念的关系太过密切，以儒家思想治国的统治者自身也往往左右为难。

1 袁文兴、袁超：《唐律疏议注译》，甘肃人民出版社，2017年，第647页。

2 转引自钱大群《中国法律史论考》，南京师范大学出版社，2001年，第177页。

3 转引自张洪林《中国传统法律文化》，华南理工大学出版社，2018年，第112页。

二、约束中的冲突

尽管出于维护社会安定的考虑，统治集团试图压制复仇这种随意性极强的个体事件，逐步强化对复仇的约束，将其纳入规范的法律体系中，但在以礼入法的古代社会，礼与法的冲突始终存在，如何处理复仇事件堪称最具代表性的礼法冲突之一。

自从战国末期法家思想逐渐为统治者所接受，依法治国成为秦朝的指导思想，不同于先秦时期的复仇自由，秦朝对复仇行为开始进行控制。可是在汉朝这一大一统时期，情况又发生了变化。伴随着西汉中期“罢黜百家，独尊儒术”思想的提倡，儒家的伦理观念开始深入人心。董仲舒在《春秋繁露·精华第五》里说过：“《春秋》之听狱也，必本其事而原其志：志邪者，不待成；首恶者，罪特重；本直者，其论轻。”[1]《盐铁论·刑德篇》也明确指出：“法者缘人情而制，非设罪以陷人也。故《春秋》之治狱，论心定罪。志善而违于法者，免；志恶而合于法者，诛。”[2]按这种断案原则，罪犯即使真的杀了人，只要犯罪动机是好的，是合于礼教的，也可免罪，复仇尽孝就属其列。

受这种思想的影响，东汉章帝时制定了《轻侮法》[3]，对血亲复仇者采取宽宥的态度，目的在于弘扬传统的“孝义”精神。但是《轻侮法》导致对复仇者减免刑罚的案件激增，使复仇态势不断扩大，因此东汉和帝时尚书张敏上书陈述其弊端：

夫《轻侮》之法，先帝一切之恩，不有成科班之律

1 〔清〕苏舆：《春秋繁露义证》，钟哲点校，中华书局，1992年，第92页。

2 马非百：《盐铁论简注》，中华书局，1984年，第393页。

3 在东汉章帝建初年间，有人因父亲受到他人的侮辱而将对方杀死。在汉章帝的亲自干预下，该人被免于追究刑事责任。于是东汉在此案例的基础上发展了《轻侮法》，成为后来审断此类案件的依据。

> 令也。夫死生之决，宜从上下，犹天之四时，有生有杀。若开相容恕，著为定法者，则是故设奸萌，生长罪隙……今托义者得减，亡杀者有差，使执宪之吏得设巧诈，非所以导“在丑不争”之义。又《轻侮》之比，寖以繁滋，至有四五百科，转相顾望，弥复增甚，难以垂之万载。[1]

因此至东汉和帝时就废除了《轻侮法》，恢复了“杀人者死”的旧制。顺应了伦理文化和民俗心理惯性的私自复仇行为，其势不可遏制。

东汉末年，政局动荡，三国时期的曹魏集团在处理因私复仇事件时采取了酷烈的刑罚，“敢有私复仇者，皆族之”[2]。这也从一个侧面使我们了解到民间复仇风盛的程度，说明最高统治者已经意识到了私相复仇对其统治危害的严重程度。但是，这种对复仇毫不通融的法制措施所带有的强烈的法家思想倾向，难于为社会各阶层所接受，甚至执法官吏也对复仇者报有深切同情。据《三国志》载：

> 宛有报仇者，其令不忍致理，将与俱亡。县中豪强有告其处者，致捕得。安深疾恶之，到官治戮，肆之于市。惧有司绳弹，遂自免。后征拜巴郡太守，率身正下，以礼化俗。[3]

尽管明知宽纵复仇者是违法行为，两任县令还是义无反顾，前者

1 〔南朝宋〕范晔：《后汉书》卷四十四，《列传第三十四》，中华书局，1965年，第1503页。
2 〔西晋〕陈寿：《三国志》卷二，《魏书文帝纪第二》，中华书局，1959年，第82页。
3 〔西晋〕陈寿：《三国志》卷二十三，《魏书二十二 · 杜袭传》，中华书局，1959年，第665页。

要与复仇者一起逃亡，后者（杜安）在即任后还要将告发的人处死并曝尸，可见复仇思想之深入人心远大于法律的效力。

另据《南齐书·孝义传》载：钱塘人朱谦之“所生母亡，昭之（谦之父）假葬田侧，为族人朱幼方燎火所焚。……永明中，手刃杀幼方，诣狱自系”，别驾孔稚珪、兼记室刘琏等联合上笺曰：

> 《礼》开报仇之典，以申孝义之情；法断相杀之条，以表权时之制。谦之挥刃斩冤，既申私礼；系颈就死，又明公法。今仍杀之，则成当世罪人；宥而活之，即为盛朝孝子。杀一罪人，未足弘宪；活一孝子，实广风德。[1]

由这段论述可见时人对复仇者的看法：尽管明知法禁复仇，复仇之举是违法犯罪的行为，但仍称其为“盛朝孝子”，并认为“杀一罪人，未足弘宪；活一孝子，实广风德”，仍然认为其复仇行为的道德意义远远高于其所带来的危害。甚至复仇者还往往会因为复仇之举而得到民间的尊重乃至统治者的认可，并由此而奠定自己仕途的基础。[2]

有学者指出，在魏晋南北朝时期，“复仇之风，仍极惨烈。法令于此，本加禁断，然舆论率称道之，执法者为其所动，遂亦多加原宥焉。当时之复仇者，往往蓄志积年，虽在蛮夷，身不能至，亦且伺隙而行其诛焉。……司宪者不必皆平，舆论亦不必能抑强扶弱，不以名分制一人，其说诚有深意。然行之大过，得毋有借复仇之名，以报他怨，要称誉者乎？失仁后义，是非已极难言，况乎失义与礼，而徒矜懻以为信？风俗之弊，随举一端，病原极

1 〔南朝梁〕萧子显：《南齐书》卷五十五，《孝义传》，中华书局，1972年，第962—963页。
2 《魏书》《晋书》《南史》《北史》中都有例子，可见前举。

深远，固非就事论事，所能期其无憾也”。[1]

到了唐代，对于是否允许复仇这一问题仍然没有形成一致的意见，尤其是对于复仇者该如何处置，还是比较模糊游移。虽有不允许殴击之说，但同时《唐律疏议》还明确指出：“祖父母、父母及夫为所杀，在法不可同天。其有忘大痛之心，舍枕戈之义，或有窥求财利，便即私和者，流二千里。若杀期亲私和者，徒两年半。”[2]不许“私和”，似乎也可以看成是从另一个角度在允许复仇。唐代法律本身对复仇事件的态度模棱两可，导致朝野上下无法就此事达成一致，复仇事件仍时有发生。

武则天时期发生徐元庆向杀害其父的县尉赵师蕴复仇一案，朝廷中对此有各种意见，如何处置颇难定夺。陈子昂认为此事应从两方面来综合考虑：“按之国章，杀人者死，则国家画一之法也。法之不二，元庆宜伏辜。又按礼经，父仇不同天，亦国家劝人之教也。教之不苟，元庆不宜诛。”[3]从法的角度看，的确是两难的选择。最后他给出的建议是“宜正国法，置之以刑，然后旌闾墓，嘉其徽烈”[4]，并且认为应该将这种解决方法作为今后处理此类案件的准则。这一观点看似两全，实则对于礼、法皆有所伤。中唐时期的柳宗元就并不认同陈子昂的观点，他在《驳复仇议》中对其进行批驳，指出礼与刑“其本则合，其用则异”，认为二者的根本目的是一致的，只是适用的场合与对象有差异，但“旌与诛莫得而并焉”，即无论如何不能同时采用。像陈子昂这种建议将徐元庆先按法律处死，再按礼义褒奖的行为，如果得到认可并施行于天下，传于后代，必然会使“趋义者不知所向，违害者不知

1 吕思勉：《两晋南北朝史》，上海古籍出版社，1983年，第1329—1334页。

2〔唐〕长孙无忌：《唐律疏议》，岳纯之点校，上海古籍出版社，2013年，第282页。

3 高绍先主编：《中国历代法学名篇注译》，中国人民公安大学出版社，1993年，第435页。

4 高绍先主编：《中国历代法学名篇注译》，中国人民公安大学出版社，1993年，第436页。

所立”，带来的结果就是人们无所适从，不知该如何处理这样的问题，甚至会造成不论是非的复仇扩大化。因此，他主张具体问题具体分析，关键要看复仇是否具有正义性。[1]

无独有偶，唐宪宗元和年间也有人为父报仇杀人后自投请罪，事件与当初徐元庆案件极为类似。对于这一案件的处理，韩愈的观点与柳宗元接近，也认为应该针对具体情况判断后再处理，给出的建议是：“凡有复仇者，事发，具其事申尚书省。尚书省集议奏闻，酌其宜而处之。则经律无失其旨矣。”[2]这种观点好像比较周全，但如何判断复仇的正义性，这其实也很难准确把握，杀人者和复仇者立场不同，可能得出的结论也是完全不一样的，因此，依然没有清楚明确的处理观点。

唐玄宗时的张琇与其兄张瑝为父报仇案更具有代表性，此案曾经在当时轰动一时，“时都城士女，皆矜琇等幼稚孝烈，能复父仇，多言其合矜恕者”。中书令张九龄想要赦免张氏兄弟，但裴耀卿和李林甫坚决反对，认为“国法不可纵报仇”。唐玄宗也同意裴、李二人的观点，认为“复仇虽礼法所许，杀人亦格律具存。孝子之情，义不顾命，国家设法，焉得容此。杀之成复仇之志，赦之亏律格之条”，最终下敕曰：“张瑝等兄弟同杀，推问款承。律有正条，俱各至死。近闻士庶，颇有谊词，矜其为父复仇，或言本罪冤滥。但国家设法，事在经久，盖以济人，期于止杀。各申为子之志，谁非徇孝之夫，展转相继，相杀何限！咎由作士，法在必行；曾参杀人，亦不可恕。不能加以刑戮，肆诸市朝，宜付河南府告示决杀。”[3]

1 高绍先主编：《中国历代法学名篇注译》，中国人民公安大学出版社，1993年，第449页。

2 高绍先主编：《中国历代法学名篇注译》，中国人民公安大学出版社，1993年，第446页。

3 〔后晋〕刘昫等：《旧唐书》卷一百八十八，《孝友传》，中华书局，1975年，第4933页。

“唐以前，复父仇不抵死者多，至唐始有抵死者。”[1]由此可见，在法与礼的冲突之中，唐代的统治者将国法置于礼制之上。然而这种严格执法、依律处置复仇者的行为并未得到广大人民的认可。如前举玄宗时张氏兄弟为父复仇被杀，“士庶咸伤愍之，为作哀诔，榜于衢路。市人敛钱，于死所造义井，并葬瑝、琇于北邙。又恐万顷家人发之，并作疑冢数所”。[2]可见在老百姓看来，张氏兄弟无异于英雄，老百姓虽不能与朝廷法制相抗衡以救其性命，但最起码可以保护他们的尸首和墓地，这也是对复仇者的一种敬重。

唐以后的情况与唐代基本相同，在复仇事件上礼与法的冲突始终存在。如《宋史·刑法三》记载“苏州民张朝之从兄以枪戳死朝父，逃去，朝执而杀之”[3]，对这一为父复仇事件的处理也存在不同意见。司法机构认为其罪当死，但张朝还是得到皇帝的特赦。《宋史·孝友传》载“契丹犯边，有陈友者乘乱杀（李）璘父及家属三人。乾德初，璘隶殿前散祗候，友为军小校，相遇于京师宝积坊北，璘手刃杀友，而不遁去，自言复父仇，案鞫得实，太祖壮而释之”[4]。李璘杀死军队中的校官陈友为父报仇，并未受到法律的惩罚，而是被宋太祖亲自赦免。此案中他杀死陈友后并未逃跑，而是大方地直言是“复父仇”，可见在他看来，为血亲复仇实为伦理责任，天经地义，远比国家制定的法律制度更有意义。果然他得到了皇帝的赦免，但这种赤裸裸的对国家权威的挑战也使得与复仇相关的法制显得软弱无力。因此《宋史·刑法志》中就无奈地表示：“复仇，后世无法。”[5]

元代的情况最为特殊，对复仇一事不仅不予处罚，反而表现

1 〔清〕陆以湉：《冷庐杂识》卷二，崔凡芝点校，中华书局，1984年，第138页。
2 〔后晋〕刘昫等：《旧唐书》卷一百八十八，《孝友传》，中华书局，1975年，第4933页。
3 〔元〕脱脱等：《宋史》卷一百九十九，《刑法志》，中华书局，1977年，第5007页。
4 〔元〕脱脱等：《宋史》卷一五〇，《孝友传》，中华书局，1977年，第9245页。
5 〔元〕脱脱等：《宋史》卷一百九十九，《刑法志》，中华书局，1977年，第5007页。

出鼓励的态度。《元史·刑法志·杀伤》云:“诸人杀死其父,子殴之死者,不坐;仍于杀父者之家,征烧埋银五十两。”[1]这一法律条文不仅允许子报父仇,甚至还要求仇家付给丧葬费用,“烧埋银”五十两。这是公然赞同复仇的法律表现,当然与元代特殊的民族统治背景是密切相关的。元代法制系统对复仇一事的态度更多体现出蒙古法系的特点,对蒙古游牧民族来说,弱肉强食就是生存的规则,彼此间的杀戮更是司空见惯,因此在其入主中原之后制定的关于复仇的法律条文中,出现与中原法系不同的规定就不足为奇了。

到了明清时期,虽然在法律上恢复了对复仇的禁止,但同时又存在包容的空间。一方面,如果是在事件发生的当时将杀害祖父母和父母的仇家杀死,就可以免受刑罚;另一方面,即使是过后向其寻仇,也只需承担杖责六十的惩罚,与夺取对方性命相比,这一惩罚显然是很轻的,因此说是“法”在有意地向“礼”让步或通融也未尝不可。

瞿同祖先生指出:“从法律的立场来讲,杀人便应拟抵,法律上原无复仇的规定,复仇而得减免,原是法外施仁,为例外,可是一般人,尤其是读书人,却以例外为正,频加赞叹,反以例内为非,大加抨击,认为防阻教化,不足为训。这可看出礼与律之冲突,法律与人情之冲突,更可看出复仇主义之深入人心,牢不可破。”[2]中国传统社会是以血缘关系为纽带的宗法社会,儒家思想在建构社会伦理纲常的过程中起到了重要的作用,统治者也需要用这些理念来维护和巩固统治。因此,中华法系始终与伦理道德相伴而行,这也是法制的发展越发规范而复仇事件并未因此得到控制的根本原因。

1 〔明〕宋濂等:《元史》卷一百五,《刑法四》,中华书局,1976年,第2673页。

2 瞿同祖:《中国法律与中国社会》,商务印书馆,2010年,第96页。

总之，在儒家思想作为社会主导意识形态的中国古代，复仇一直是礼法冲突的焦点。尽管随着社会的发展，法制在不断健全和完善，但以儒家孝义思想为依据的复仇行为始终受到社会大众的普遍认同，复仇事件并没有因为法制建设的进步而受到相应的抑制。从统治阶层到平民百姓，都对复仇表现出肯定和赞赏，导致在与法制的抗衡中，复仇几乎总是取胜。那些坚持复仇的复仇者，或者受到执法官吏的同情而被宽纵，或者受到统治者的称赞而被赦免，即使被依律处死，也会得到精神层面上的认可和称颂。这种情况的出现与复仇自身所具有的正义性和以弱胜强等特质密切相关，也正因如此，复仇行为始终受到舆论的褒扬，成为一种被礼赞的文化现象。

结　语

一、弘扬传统的复仇精神

复仇作为人类社会一个古老的话题和人类生存面临的一种极端情境，自原始社会始就深植人心，是世界各国都普遍存在的历史和文化现象。尽管随着人类文明的进步、法律约束力的增强，这种倾向在法权意识与法理观念的强化下逐渐得到克制和消解，但值得我们关注的是，这种克制和消解主要出现在西方社会，对于以“人治”为主的中国社会，单纯用“法治”的思维方式和价值观念来理解问题难以达到理想的效果。在以儒家思想为主导意识形态的封建社会，复仇所具有的正义性被无限放大，人们普遍认为复仇合理，正是缘于对符合儒家伦理价值体系的正义性的认同。孔子认为应“以直报怨”，孟子也感叹“吾今而后知杀人亲之重也：杀人父者，人亦杀其父；杀人之兄者，人亦杀其兄”。这些观念都体现出对复仇正义性的肯定和对复仇公平的追求。有学者指出：“复仇的核心是正义性，正义与公理相联系，这种公理并非一般意义上的‘法’，却为人们普遍沿用与认同。主持公理的天神上帝每每介入人世仇怨，使受害者一方在非现实的超验世界里找到了人世无法伸张的正义，复仇得到趋向普遍正义的阐释，复仇者得到广泛的同情、钦敬，乃至几乎所有被传扬的复仇都被尽量赋予了成功的结局，成为较稳定的叙事模式。”[1]

对元杂剧中涉及复仇的剧目进行考察可见，尽管对复仇的表现程度不尽相同，不同复仇者的复仇方式也存在差异，但总的来说，剧中所表现的都是受害者对施恶者的复仇，是弱者对强者的反抗，其行为本身是具有正义性的。如张仁（《陈州粜米》）、刘荣祖（《十探子》）、张海棠（《灰阑记》）等面对恶势力的打压不灰心，不放弃，坚持通过法律途径实现复仇；窦娥（《窦娥冤》）、杨国用（《盆儿鬼》）、王文用（《朱砂担》）、郭成（《生金阁》）等，即使已被迫害致死，仍然心有不甘，变成鬼魂也要实现复仇；豫让（《豫让吞炭》）、伍子胥（《伍员吹箫》）、杨六郎（《昊天塔》）等，或不惜自残身躯，或隐忍市井度日，或孤身闯入敌营，都是无论付出何等代价也要使大仇得报；再如程婴、韩厥、公孙杵臼（《赵氏孤儿》），陈琳、寇承御（《抱妆盒》），浣纱女、渔父（《伍员吹箫》）等，甚至宁可牺牲自己也要帮助复仇者，更可见得他们对复仇正义性的认同；而李逵（《双献功》）、鲁智深（《黄花峪》）、燕青（《燕青博鱼》）等，更是行侠仗义，乐于帮助他人实现复仇的典范。这些复仇者和对他人的复仇给予帮助的忠义之士，都表现出义无反顾的决心和坚定不移的态度，其实正是出于对社会道德体系中公平和正义的追求，也正是复仇精神的价值核心所在。表现复仇的元杂剧中包蕴着血亲至上、忠义任侠、清官主事、恩怨分明和善恶有报等各种复仇观念，既是对传统复仇文化的总结和延续，同时在元代独特的时代背景下，也使传统的复仇文化得到了进一步的丰富和充实，使得传统的复仇精神得到了弘扬。

1　王立、刘卫英：《传统复仇文学主题的文化阐释及中外比较研究》，北京师范大学出版社，2011年，第10页。

二、显现自觉的悲剧意识

对于我国是否存在真正的悲剧，学界诸前贤各执己见，都提出了自己的看法。其实，若不把悲剧仅视为一种戏剧形态，而是将其视为美学范畴的悲剧意识，那么，可以肯定地说，我国可能没有典型的悲剧戏剧，但从来不缺乏悲剧意识。人的行动带来冲突，元杂剧中表现的复仇就多数是由善恶冲突引起的，并且双方的力量对比悬殊。被伤害的一方通常都是处于社会中下层的善良无辜的小人物，如张撇古（《陈州粜米》）、杨国用（《盆儿鬼》）、郭成（《生金阁》）等，他们与世无争，老实本分地遵守社会的规范和秩序，本应享受正常的平和生活，却因为施恶者的行为而枉送性命；或者是在道德上具有美善品质的大好人，却无辜受到奸邪势力的恶意摧毁，如岳飞（《东窗事犯》）、赵盾（《赵氏孤儿》）、伍奢（《伍员吹箫》）、杨继业（《昊天塔》）等，他们为国尽忠，恪尽职守，却最终落得被害身亡的悲惨下场。以窦娥（《窦娥冤》）为例，她一生遭遇种种苦难，却在人格与道德上表现出趋于完美的状态，堪称美善代表和道德楷模，可就是这样一个美好善良的个体，最终还是在张驴儿和桃杌等恶势力的打击下毁灭了。如鲁迅先生所说，悲剧是将人生有价值的东西毁灭给人看。人性中最有价值的良善品质不能得到认同，不能受到保护，这本身就是悲剧意识的表现。这种悲剧意识不仅仅指肉体上的受难，更多是基于道德层面的受挫而言的。

面对命运中突如其来的打击，这些受害人在承受伤害的同时，并没有因此消沉下去，而是意志坚决地努力实施复仇，让我们看到了他们不屈服于命运的强烈的复仇精神。不过，有一点我们需要明确，即不论这些复仇者最终是否得以成功复仇，施恶者是否得到应有的惩罚，复仇者的悲剧都已经形成，因为他们已经受到伤害，即使最终复仇得以实现，也不能改变这一悲剧性的命运。

这里我们需要特别指出“大团圆结局”与复仇相关剧目悲剧性之间的关系。事实上，所谓“大团圆结局”虽然使复仇者的复仇使命得以实现，使施恶者受到惩罚，却不能改变复仇者受到伤害的悲剧境遇。况且复仇者即使经过艰辛的努力而得以报仇雪恨，也仍然处于原有的生存环境之中，社会制度和阶级结构并没有发生改变，同样的悲剧经历仍可能再次发生。这种可能性的存在使得元杂剧的悲剧意识表现得更加突出。有学者指出：“异彩纷呈的真正中国悲剧的大团圆现象不但是现实生活的曲折反映，而且是中国悲剧这个整体中不可分割的有机组成部分，绝不是可有可无的装饰品。真正中国悲剧的大团圆不但强化了中国悲剧精神，而且是剧作家‘卒章显其志’的价值取向即悲剧内在主题的完成。”[1] 由此可见，尽管在与复仇相关的剧目中，那些为非作歹的施恶者最终都受到了严惩——这种惩罚或者是来自清官的秉公执法，或者是来自忠义之士的仗义援手，或者是来自神灵鬼魂的因果报应；但他们对受害者已经造成的伤害并不能因此而消于无形，这样的结果只是对受害人及观者的一种精神层面上的抚慰和弥补，而悲剧意识已经包蕴于受害者受到伤害和矢志复仇的过程之中。

三、传承壮美的伦理正义

匈牙利学者赫勒在《超越正义》中指出：“好人应该幸福，因为他们值得幸福；坏人不应该幸福，因为他们不值得幸福。这种观点是伦理的正义概念的基础。因此，从伦理的正义概念的视角来看，一个好人在其中过得幸福而坏人过得不幸福的世界秩序，就是一个正义的社会秩序。”[2] 这段话明确说明，好人与坏人在社会

1 熊元义：《中国悲剧引论》，解放军文艺出版社，2007年，第64页。

2 ［匈］阿格妮丝·赫勒：《超越正义》，文长春译，黑龙江大学出版社，2011年，第49页。

生活中理应得到不同的待遇，这是与他们在社会生活中的表现密切相关的。就表现复仇的元杂剧而言，我们看到，剧中的受害者多为良善守法的无辜之人，他们都安于自己的生活，对于自己的社会身份和角色有准确的认知，是社会秩序的正常维护者，也即赫勒所说的“好人”。但就是这样的一些人，无端受到外来势力的强硬摧残，原来平顺的生活被恶意打乱，这不仅是对受害人本身的伤害，更是对原本的社会秩序的破坏，因此这些施恶者成为整个社会伦理正义的敌对方。这种破坏造成了社会伦理正义的失衡，也必然导致受害人心理的极度不平衡，他们需要通过某种方式回复平衡，而复仇便是受害人为实现心理平衡和恢复社会秩序而做出的选择。复仇的具体方式可能因人而异，但复仇者追求复仇成功的目的是一致的，并且结果也趋于一致，即使维系社会公平的伦理正义重新得以实现。

对观者起到惩恶扬善的教化作用，是中国戏曲一个非常重要的文化功能。与复仇相关的元杂剧中所表现出的“恩怨分明”“善恶有报”等复仇观念，正是“惩恶扬善”教化思想的鲜明体现。古代社会的伦理道德强调忠孝节义，强调“善”与“美”，而元杂剧中的这些复仇者身上通常都具有为儒家所赞颂的美德，如岳飞、豫让的“忠”，伍子胥、杨六郎的“孝”，窦娥、刘玉娘的“节”和程婴、专诸的“义”等，可以说这些人就是“美”与“善”的代表，是伦理道德社会理应受到保护和尊重的对象。但是，他们所代表的“善”与“美”遭到了恶势力的毁灭，这样的结果是让人难以接受的，必然会使观者心情激荡，充满强烈的悲愤之感。不过，这种心理上的苦闷与压抑在表现复仇的元杂剧中也得到了释放。在复仇相关剧目中，我们看到，尽管好人往往会受到恶人的伤害，但这些施恶者最终也都得到了应有的惩罚。在善与恶的伦理评判中，通过受害者一方的复仇行为，达到对“善”受到

“恶”的伤害这一缺憾的弥补，使善和正义得到维护。——这既对受害者人生的波折与无奈表示了慰藉，又对施恶人的肆意作恶进行了惩戒，表现出了强烈的伦理教化的道德意义，这也正是复仇相关元杂剧所带来的最有价值的精神指导。

参考文献

一、典籍论著

〔战国〕韩非子:《韩非子》，高华平、王齐洲、张三夕译注，中华书局，2010年。

〔西汉〕司马迁:《史记》，中华书局，1959年。

〔西汉〕司马迁:《史记》，韩兆琦评注，岳麓书社，2012年。

〔东汉〕班固:《汉书》，中华书局，1962年。

〔西晋〕陈寿:《三国志》，中华书局，1959年。

〔西晋〕陈寿:《三国志》，中华书局，1982年。

〔西晋〕陈寿:《三国志》，中华书局，1999年。

〔西晋〕陈寿:《三国志》,〔南朝宋〕裴松之注，中华书局，2011年。

〔东晋〕陶渊明:《陶渊明全集》,〔清〕陶澍集注，龚斌点校，上海古籍出版社，2015年。

〔东晋〕王嘉:《拾遗记》，王兴芬译注，中华书局，2022年。

〔南朝宋〕刘敬叔:《异苑》，范宁校点，中华书局，1996年。

〔南朝宋〕范晔:《后汉书》，岳麓书社，2009年。

〔南朝梁〕萧子显:《南齐书》，中华书局，1983年。

〔南朝梁〕宗懔:《荆楚岁时记》，姜彦稚辑校，岳麓书社，

1986年。

〔南朝梁〕皇侃:《论语义疏》，高尚榘校点，中华书局，2013年。

〔北齐〕魏收:《魏书》，中华书局，1974年。

〔北齐〕颜之推:《颜氏家训》，时代文艺出版社，2001年。

〔唐〕魏徵等:《隋书》，中华书局，1973年。

〔唐〕姚思廉:《梁书》，中华书局，1973年。

〔唐〕姚思廉:《梁书》，管曙光等校点，岳麓书社，1998年。

〔唐〕李延寿等:《北史》，中华书局，1974年。

〔唐〕李延寿等:《南史》，中华书局，1975年。

〔唐〕房玄龄等:《晋书》，中华书局，1974年。

〔唐〕房玄龄等:《晋书》，中华书局，1982年。

〔唐〕李白:《李太白全集》,〔清〕王琦注，中华书局，2011年。

〔唐〕长孙无忌:《唐律疏议》，岳纯之点校，上海古籍出版社，2013年。

〔唐〕李商隐:《李商隐诗集》,〔清〕朱鹤龄笺注，田松青点校，上海古籍出版社，2015年。

〔唐〕王维:《王维诗集》,〔清〕赵殿成笺注，白鹤校点，上海古籍出版社，2017年。

〔唐〕杜甫:《杜诗镜铨》,〔清〕杨伦笺注，上海古籍出版社，2019年。

〔后晋〕刘昫等:《旧唐书》，中华书局，1975年。

〔北宋〕王存等编撰:《地理志·海南（六种）》，唐启翠等点校，海南出版社，2006年。

〔北宋〕苏轼:《苏轼选集》，王水照选注，上海古籍出版社，2014年。

〔北宋〕王安石:《王安石全集》，张鹤鸣整理，崇文书局，2020年。

〔南宋〕李昉等:《太平御览》(影印本)，中华书局，1960年。

〔南宋〕李心传:《建炎以来朝野杂记》(下)，徐规点校，中华书局，2000年。

〔南宋〕吴自牧:《梦粱录》，符均、张社国校注，三秦出版社，2004年。

〔南宋〕朱熹:《四书章句集注》，上海古籍出版社，2006年。

〔南宋〕朱熹:《论语集注》，商务印书馆，2015年。

〔元〕脱脱等:《宋史》，中华书局，1977年。

〔元〕杨维桢:《杨维桢诗集》，邹志方点校，浙江古籍出版社，1994年。

〔元〕钟嗣成、〔元〕贾仲明:《新校录鬼簿正续编》，浦明汉校，巴蜀书社，1996年。

〔元〕陶宗仪:《南村辍耕录》，李梦生点校，上海古籍出版社，2012年。

〔明〕宋濂等:《元史》，中华书局，1976年。

〔明〕宋濂等:《元史》(上)，阎崇东等校点，岳麓书社，1998年。

〔明〕臧晋叔编:《元曲选》，浙江古籍出版社，1989年。

〔明〕黄文焕:《楚辞听直》，黄灵庚、李凤立点校，上海古籍出版社，2019年。

〔清〕陆以湉:《冷庐杂识》，崔凡芝点校，中华书局，1984年。

〔清〕王尧衢选注:《古唐诗合解》,黄熙年等点校,岳麓书社,1989年。

〔清〕苏舆:《春秋繁露义证》,钟哲点校,中华书局,1992年。

〔清〕陈立:《白虎通疏证》,吴则虞点校,中华书局,1994年。

〔清〕毕沅:《续资治通鉴》,内蒙古人民出版社,2008年。

〔清〕吴楚材、〔清〕吴调侯编选:《古文观止》,北京联合出版公司,2015年。

余冠英选注:《三曹诗选》,作家出版社,1956年。

余冠英、周振甫、启功等主编:《唐宋八大家全集》,国际文化出版公司,1998年。

苏仲翔选注:《元白诗选》,上海古典文学出版社,1957年。

隋树森编:《元曲选外编》,中华书局,1959年。

王明编:《太平经合校》,中华书局,1960年。

钱锺书:《管锥编》,中华书局,1979年。

吕思勉:《两晋南北朝史》,上海古籍出版社,1983年。

吕思勉:《吕思勉学术文集》,上海人民出版社,2011年。

吕思勉:《读史札记》,译林出版社,2016年。

汪焕镳:《墨子校释》,浙江文艺出版社,1984年。

马非百:《盐铁论简注》,中华书局,1984年。

刘文典:《淮南鸿烈集解》,冯逸、乔华点校,中华书局,1989年。

赵山林:《中国戏曲观众学》,华东师范大学出版社,1990年。

曾枣庄、刘琳主编:《全宋文》,巴蜀书社,1990年。

赵敏俐:《文学传统与中国文化》,东北师范大学出版社,

1993年。

陈桐生:《中国史官文化与史记》，汕头大学出版社，1993年。

高绍先主编:《中国历代法学名篇注译》，中国人民公安大学出版社，1993年。

许金榜:《中国戏曲文学史》，中国文学出版社，1994年。

殷义祥:《晏子春秋译注》，吉林文史出版社，1996年。

郭英德:《元杂剧与元代社会》，北京师范大学出版社，1996年。

《十三经注疏》，上海古籍出版社，1997年。

李炳泉、邸富生主编:《中国史学史纲》，辽宁师范大学出版社，1997年。

翁敏华:《中国戏剧与民俗》，学海出版社，1997年。

翁敏华:《古剧民俗论》，上海古籍出版社，2012年。

《刑事法学要论》编辑组编:《刑事法学要论：跨世纪的回顾与前瞻》，法律出版社，1998年。

王立:《中国古代复仇文学主题》，东北师范大学出版社，1998年。

王立、刘卫英:《传统复仇文学主题的文化阐释及中外比较研究》，北京师范大学出版社，2011年。

阙真:《元剧探究》，广西师范大学出版社，1999年。

邱树森:《元朝简史》，福建人民出版社，1999年。

冯天瑜、杨华:《中国文化发展轨迹》，上海人民出版社，2000年。

奚海:《元杂剧论》，河北教育出版社，2001年。

钱大群:《中国法律史论考》，南京师范大学出版社，2001年。

完颜绍元:《中国风俗之谜》,上海辞书出版社,2002年。

朱易安、复璇琮、周常林等主编:《全宋笔记》,大象出版社,2003年。

何辉斌:《戏剧性戏剧与抒情性戏剧:中西戏剧比较研究》,中国社会科学出版社,2004年。

刘道超:《中国善恶报应习俗》,陕西人民出版社,2004年。

郑振铎:《插图本中国文学史》,上海人民出版社,2005年。

唐君毅:《中国文化之精神价值》,广西师范大学出版社,2005年。

高益荣:《元杂剧的文化精神阐释》,中国社会科学出版社,2005年。

蒙思明:《元代社会阶级制度》,上海人民出版社,2006年。

王献唐:《炎黄氏族文化考》,青岛出版社,2006年。

项楚:《敦煌变文选注》(上),中华书局,2006年。

欧阳光主编:《元明清戏剧分类选讲》,高等教育出版社,2007年。

熊元义、蔡琨:《当代文艺思潮的走向》,中国文联出版社,2007年。

熊元义:《中国悲剧引论》,解放军文艺出版社,2007年。

田同旭:《元杂剧通论》(上),山西教育出版社,2007年。

于沛霖:《恩格斯法律思想研究》,辽宁师范大学出版社,2007年。

罗斯宁:《元杂剧和元代民俗文化》,广东高等教育出版社,2007年。

黄勇主编:《唐诗宋词全集》,燕山出版社,2007年。

张宗祥:《论衡校注》，郑绍昌标点，上海古籍出版社，2010年。

刘慧芳:《元杂剧叙事艺术》，辽宁大学出版社，2010年。

蔡元培:《中国伦理学史》，商务印书馆，2010年。

瞿同祖:《中国法律与中国社会》，商务印书馆，2010年。

刘云春:《历史叙事传统语境下的中国古典小说审美研究》，中国社会科学出版社，2010年。

郭沫若:《中国古代社会研究》，商务印书馆，2011年。

徐雪辉:《文化视角下的元杂剧》，人民出版社，2011年。

彭黎明、彭勃主编:《全乐府》第一册，上海交通大学出版社，2011年。

云峰:《民族文化交融与元杂剧研究》，人民出版社，2012年。

魏耕原、张新科、赵望秦主编:《先秦两汉魏晋南北朝诗歌鉴赏辞典》，商务印书馆，2012年。

程千帆:《元代文学史》，武汉大学出版社，2013年。

李小荣:《弘明集校笺》，上海古籍出版社，2013年。

张庚、郭汉城主编:《中国戏曲通史》，文化艺术出版社，2014年。

骆明主编:《历代孝行类编》，光明日报出版社，2016年。

富强译注:《山海经》，作家出版社，2016年。

顾学颉选注:《元人杂剧选》，人民文学出版社，2017年。

彭栓红:《元杂剧中的民俗文化研究》，中国社会科学出版社，2017年。

上海辞书出版社文学鉴赏辞典编纂中心:《元明清诗三百首鉴赏辞典》，上海辞书出版社，2017年。

许兴阳编著:《先秦汉魏晋南北朝侠文艺篇目辑略》，华文出版社，2017年。

袁文兴、袁超:《唐律疏议注译》，甘肃人民出版社，2017年。

杨伯峻:《论语译注》，中华书局，2017年。

杨伯峻:《孟子译注》，中华书局，2019年。

张洪林:《中国传统法律文化》，华南理工大学出版社，2018年。

鲁迅校录:《唐宋传奇集》，蔡义江、蔡宛若今译，浙江文艺出版社，2018年。

弘法主编:《小藏经研究》，宗教文化出版社，2018年。

方铭:《楚辞全注》，人民文学出版社，2019年。

查洪德:《元代文学通论》(上)，东方出版中心，2019年。

周良霄:《元史》，上海人民出版社，2019年。

张令千:《语言信息控制论》，九州出版社，2019年。

梁启超:《中国历史研究法》，上海古籍出版社，2019年。

张永义:《墨子与中国文化》，中山大学出版社，2020年。

范文澜:《中国通史简编》(下)，天津人民出版社，2020年。

徐连达:《辽金元社会与民俗文化》，上海社会科学院出版社，2020年。

万国鼎:《中国田制史》，东方出版中心，2020年。

甄飒飒:《元杂剧美学研究》，山东大学出版社，2020年。

葛荃:《政道通源：传统政治文化与中国特色社会主义政治发展道路》，天津人民出版社，2020年。

徐胜男:《道教与唐前志怪小说专题研究》，巴蜀书社，

2020年。

唐明生:《中国古代戏曲批评文体研究》,武汉大学出版社,2021年。

徐子方:《明杂剧史》,天津人民出版社,2021年。

[美]斯蒂·汤普森:《世界民间故事分类学》,郑海等译,上海文艺出版社,1991年。

[美]路易斯·亨利·摩尔根:《古代社会》,杨东莼等译,中央编译出版社,2007年。

[匈]阿格妮丝·赫勒:《超越正义》,文长春译,黑龙江大学出版社,2011年。

[法]拉发格:《思想起源论》,刘初鸣译,上海社会科学院出版社,2017年。

[法]列维·布留尔:《原始思维》,丁由译,商务印书馆,2017年。

二、期刊论文

周天游:《两汉复仇盛行的原因》,《历史研究》,1991年第1期。

王月清:《中国佛教善恶报应论初探》,《南京大学学报(哲学·人文科学·社会科学)》,1998年第2期。

张建国:《中国古代复仇观之我见》,《法学》,1998年第8期。

刘清平:《儒家伦理:道德理性还是血亲情理?》,《中国哲学史》,1999年第3期。

张朝霞:《新时期戏曲观众审美心理探析》,《现代传播:北京广播学院学报》,2001年第2期。

郭锋:《浅论中国传统施与报观念的文化意义及社会影响》,《国家高级教育行政学院学报》,2002年第4期。

唐湘芸:《观众审美意识与戏曲审美价值的实现——兼谈现代戏曲的改革与途径》,《艺术百家》,2003年第1期。

唐红林、邹剑锋:《儒家“孝治”对“血亲复仇”的扬抑》,《宁波大学学报(人文科学版)》,2005年第6期。

万水君:《复仇母题与中国传统文化》,《桂林航天工业高等专科学校学报》,2006年第1期。

刘丽萍:《元杂剧观众研究探微——以元杂剧“科诨”为视角》,《江苏社会科学》,2006年第A2期。

陈筱芳:《春秋梦兆信仰》,《西南民族大学学报(人文社科版)》,2007年第5期。

练素华:《中国古代叙事文学中的血亲式复仇母题初探》,《湘潭师范学院学报(社会科学版)》,2008年第5期。

李俊策、杨明堂、王环:《论血亲信仰的本质及其现实意义》,《山东青年政治学院学报》,2012年第1期。

常庆:《浅谈元杂剧中的报恩剧》,《黔南民族师范学院学报》,2013年第2期。

韩宁:《山西地方民俗文化对元杂剧的影响》,《山西青年管理干部学院学报》,2013年第3期。

周玲:《元杂剧中民俗文化风情描写与展示的特点》,《湖南科技学院学报》,2014年第12期。

周玲:《民俗文化遗存在元杂剧中的作用与功能》,《湖南科技学院学报》,2016年第2期。

邸红旗、孙永兴:《元杂剧中的法律文化研究综述》,《法制与社会》，2017年第23期。

王俊德：《论元杂剧的商业书写与文化影响》，《四川戏剧》，2021年第7期。

赵冰月：《元杂剧中的典商形象及其文化蕴涵》，《戏剧之家》，2021年第12期。

金峥杰、邓可卉：《民俗文化视角下的元曲节令纺织事象解析》，《东华大学学报（社会科学版）》，2023年第2期。

［荷兰］伊维德：《我们读到的是“元”杂剧吗——杂剧在明代宫廷的嬗变》，宋耕译，《文艺研究》，2001年第3期。

［美］迈克尔·达尔比：《传统中国的复仇与法律》，王立、魏彬彬译，《丹东师专学报》，2002年第3期。

三、学位论文

叶三铭：《元杂剧中复仇之情节与人物》，台湾成功大学硕士学位论文，2001年。

刘福燕：《中国古代戏曲“魂”“梦”现象的文化阐释》，山西大学硕士学位论文，2003年。

卜亚丽：《中国古代鬼观念与戏剧的双向渗透——元代鬼戏对前代鬼观念的积淀与升华》，河南大学硕士学位论文，2004年。

伍小劼：《因果报应与佛教中土化——以因果报应与天人感应的思想关联为中心》，河南大学硕士学位论文，2007年。

臧慧远：《元杂剧的鬼魂戏研究》，兰州大学硕士学位论文，2007年。

刘喜平：《复仇文化与金庸武侠小说研究》，四川大学硕士学位论文，2007年。

张鹏宇:《元杂剧和元代民俗文化》，兰州大学硕士学位论文，2007年。

卫俪:《元杂剧中的梦、魂现象研究》，内蒙古师范大学硕士学位论文，2008年。

魏晓华:《中国人的报恩心理研究》，南京师范大学硕士学位论文，2008年。

宗敏:《元明清叙事文学中的复仇主题》，复旦大学硕士学位论文，2008年。

练素华:《中国叙事文学中的复仇母题初探》，湖南科技大学硕士学位论文，2009年。

徐雪辉:《元杂剧文化研究》，曲阜师范大学博士学位论文，2009年。

于祥昀:《中西方复仇文学类型考辩》，辽宁师范大学硕士学位论文，2012年。

张宁:《从〈元曲选〉看元杂剧悲喜交融的审美特征》，辽宁师范大学硕士学位论文，2012年。

苑媛:《元杂剧公案戏之法文化研究》，曲阜师范大学硕士学位论文，2020年。